KB072735

내 귀에 해설이 들려

내 귀에 해설이 들려 6

설경구 현대 판타지 소설

초판 1쇄 찍은 날 § 2020년 9월 22일
초판 1쇄 펴낸 날 § 2020년 9월 29일

지은이 § 설경구
펴낸이 § 서경석

총괄팀장 § 노종아
편집책임 § 강서희
디자인 § 소소연

펴낸곳 § 도서출판 청어람
등록번호 § 제387-1999-000006호
등록일자 § 1999. 5. 31
어람번호 § 제1-3087호

주소 § 경기도 부천시 부일로 483번길 40 서경B/D 3F (우) 14640
전화 § 032-656-4452 팩스 § 032-656-4453
http://www.chungeoram.com
E—mail § chungeorambook@daum.net

ⓒ 설경구, 2019

ISBN 979-11-04-92263-3 04810
ISBN 979-11-04-92190-2 (세트)

※ 파본은 구입하신 서점에서 교환하여 드립니다.
※ 저자와 협의하여 인지를 붙이지 않습니다.
※ 이 책은 도서출판 청어람과 저작자의 계약에 의해 출판된 것이므로,
   무단 전재 및 유포·공유를 금합니다.

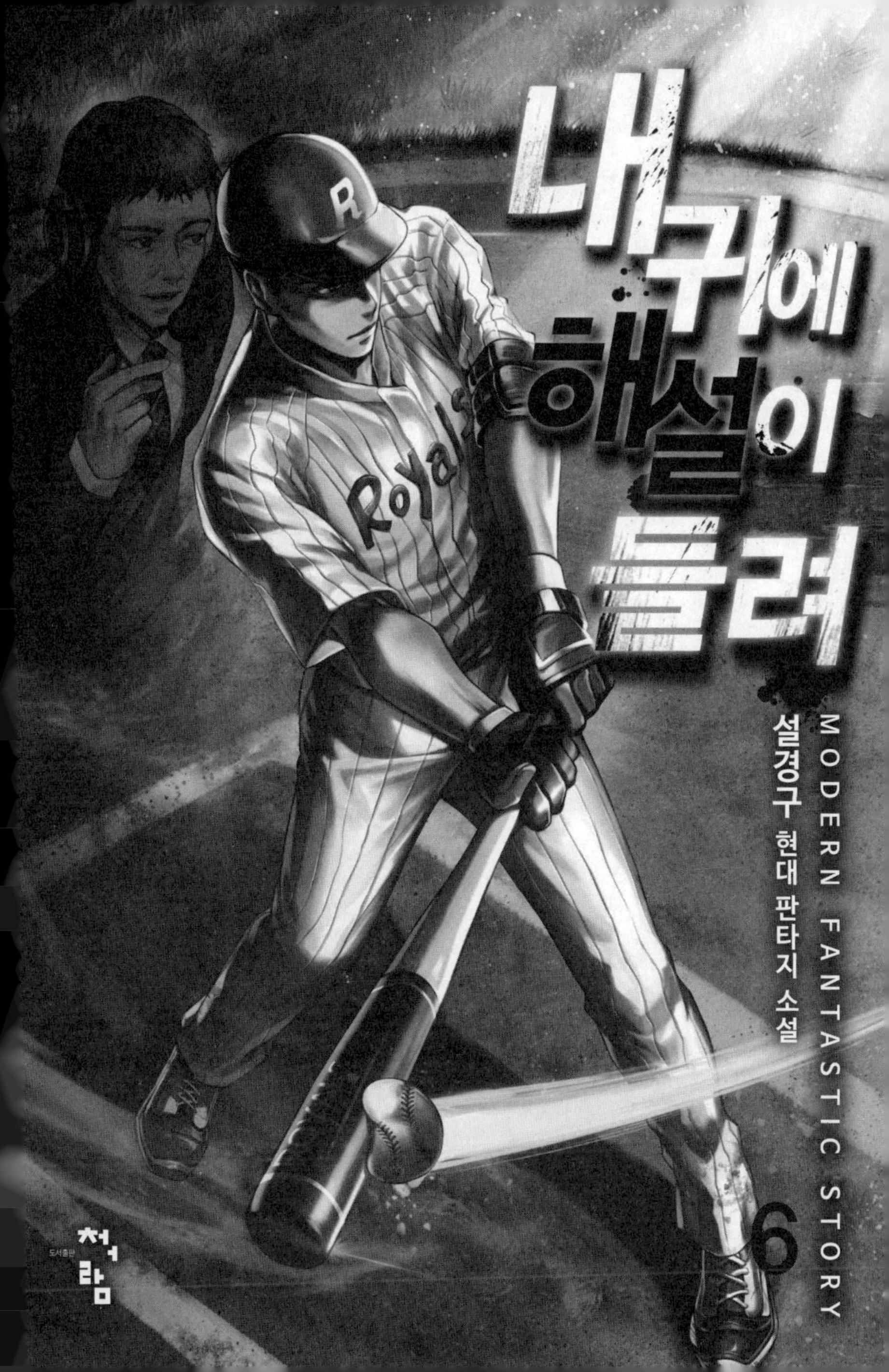

내 귀에 해설이 들려
설경구 현대 판타지 소설
MODERN FANTASTIC STORY
6
도서출판

내
귀에
해설이
들려

목차

제1장

"11회 초 우송 선더스의 공격 상황, 기억하시죠?"

박건이 기억을 떠올리며 운을 뗐다.

"1사 3루 상황에서 타석에 들어섰던 강영학이 외야플라이를 때려냈을 때, 3루 주자가 태그업을 시도했습니다. 저는 그게 무척 무모한 주루플레이라고 생각했습니다. 강영학이 때렸던 외야 플라이는 얕았고, 좌익수로 출전한 제 어깨가 강하다는 것도 이미 알려져 있는 상황이었기 때문입니다. 그런데도 3루 주자는 기어이 태그업을 시도해서 홈승부를 펼쳤고, 결국 아웃이 됐죠."

한국시리즈 1차전의 결정적인 승부처 가운데 하나였던 11회 초 상황에 대해 박건이 언급하자, 이용운이 물었다.

"갑자기 그 이야기는 왜 꺼내는 거냐?"

이용운이 아까 질문했던 것은 11회 말에 발생했던 상황.

그런데 박건이 11회 초에 발생했던 상황에 대해 언급하자, 의아함을 품은 것이었다.

"그때 선배님이 제게 하셨던 말씀을 기억하십니까?"

"내가 했던 말?"

잠시 기억을 더듬던 이용운이 입을 뗐다.

"왜 얕은 외야플라이에 3루 주자가 무리하게 태그업을 시도해서 득점 기회를 허무하게 날렸는지가 이해가 안 가는 거지? 장정훈 감독은 이번이 득점을 올릴 마지막 기회라고 판단했거든. 이렇게 말했던 것 같구나."

"그게 다가 아닙니다. 그 후에 한 말도 기억하십니까?"

"그 후에 한 말?"

이번에는 기억이 안 나는 걸까?

이용운의 침묵이 길어졌을 때, 박건이 대신 대답했다.

"엄청난 투수가 차윤수의 뒤에 대기하고 있다는 것을 장정훈 감독은 알고 있거든. 이렇게 말씀하셨습니다."

"그래, 이제 기억나는구나."

박건의 도움을 받은 이용운이 마침내 기억을 떠올리는 데 성공했다.

그렇지만 여전히 이해가 안 간다는 듯, 의아한 목소리로 물었다.

"그런데 그 얘긴 또 왜 하는 거냐?"

"비슷하거든요."

"비슷하다니?"

"10회 말에 예상을 깨고 마운드에 올라왔던 서광현의 컨디션은 최상이었습니다. 평소보다 직구 평균 구속이 5km 이상 더 나왔고, 저와 상대하기 전까지 상대했던 네 명의 타자를 모두 삼진으로 돌려세웠던 것이 서광현의 컨디션이 최상이었다는 증거죠. 그래서 서광현의 완벽하게 제구된 바깥쪽 직구를 노려 쳤을 때, 두 가지 생각이 떠올랐습니다. 하나는 끝내기홈런이 되기에는 비거리가 약간 모자라다는 것이었고, 나머지 하나는 서광현의 컨디션이 최상인 만큼 이 엄청난 투수를 상대로 이번 기회에 득점을 올리지 못하면 청우 로열스가 한국시리즈 1차전을 패한다는 것이었습니다."

박건이 꽤 길었던 대답을 마치자, 이용운이 입을 뗐다.

"그래서 전력 질주를 했구나."

"아까도 말씀드렸듯이 그게 득점을 올릴 수 있는 마지막 기회라고 생각했으니까요."

"하지만… 너무 무모한 주루플레이였다."

"저도 압니다."

"……?"

"모 아니면 도였죠. 그런데 운 좋게 모가 나온 겁니다."

박건은 운이 좋았다고 표현했다.

그렇지만 단지 운만으로 11회 말에 나왔던 그라운드홈런을 설명하기에는 역부족이었다.

박건이 끝내기 그라운드홈런을 기록한 데는 이용운의 역할도 존재했다.

'날 대신해서 선배님이 중계플레이 과정을 확인할 수 있다.'

이번이 처음이 아니었다.

여러 차례 비슷한 과정을 거치면서 박건과 이용운 사이에는 서로에 대한 신뢰가 쌓였다. 그래서 박건은 달리는 속도를 줄이면서 고개를 돌려서 수비와 중계플레이 상황을 직접 확인하지 않고 전력 질주에만 집중할 수 있었다.

"우중간을 정확히 반으로 가른 타구가 펜스까지 굴러갔다. 우익수와 중견수가 펜스 앞에 도착했고, 우익수가 공을 잡았… 아니, 중견수가 공을 잡았다. 거의 동시에 펜스 앞에 도착했기 때문에 서로 미루느라 약간 지체한 것 같다."

"2루수가 송구를 잡아서 여유 있게……."

"송구가 3루 측으로 조금 치우쳤다."

전력 질주를 하던 과정에서 이용운의 설명 덕분에 정확한 상황을 파악할 수 있었던 것이 박건이 끝내기 그라운드홈런을 때려내는 데 큰 도움이 됐다.

그리고 하나 더.

박건의 분석도 빛을 발했다.

우송 선더스의 중견수 수비를 맡고 있는 유호는 어깨가 약한 편이었다.

반면, 우송 선더스의 우익수 수비를 맡고 있는 김한진은 어깨가 강한 편이라는 사실을 박건은 분석을 통해 이미 알고 있었다.

그런데 중계플레이 과정에서 우익수 김한진이 아니라 중견수 유호가 공을 잡아서 2루수에게 송구했다는 것을 이용운의 설명을 통해서 알게 됐던 것이 박건이 홈으로 파고들기로 결심했던 결정적 계기였다.

실제로 유호의 송구는 2루수에게 노바운드가 아닌 원바운드로 전달되면서 또 한차례 딜레이가 발생했었다.

                    *   *   *

"이제 의문이 다 풀리셨습니까?"

박건의 질문을 받은 이용운이 대답했다.

"그 부분은 해소됐다."

"그럼 이번엔 제가 서광현과 대결하는 도중에 구종 예측을 어떻게 정확하게 했는지가 궁금하시겠네요?"

'이 자식, 뭐야? 어떻게 알았지?'

이용운이 흠칫 놀랐다.

보통의 경우는 반대였다.

이용운이 박건의 속내를 정확히 읽어내는 것이 일반적이었다.

그런데 이번에는 반대였다.

'내 표정 관리가 안 되고 있나?'

평소 이용운은 박건의 표정 변화를 통해서 어느 정도 속내를 읽어낼 수 있었다. 그래서 박건 역시 같은 방법을 쓰는 게 아닐까 하는 의심을 품었던 이용운은 이내 자신의 판단이 틀렸다는 것을 알아챘다.

'불가능해.'

이용운은 귀신.

박건은 귀신인 자신과 대화를 나누는 것은 가능했지만 모습을 볼 수는 없었다.

그런데 어찌 표정 변화를 통해서 속내를 알아챌 수 있을까.

'그럼 대체 어떻게 알았지?'

이용운의 의문이 깊어졌을 때였다.

"그런데 꼭 아서야겠습니까?"

박건이 귀찮아 죽겠다는 표정을 지은 채 물었다.

"꼭 알아야겠다."

이대로 넘어가기에는 자존심이 허락지 않았다. 그래서 이용운이 대답하자, 박건이 다시 입을 뗐다.

"봉황의 깊은 뜻을 참새가 어찌 알겠습니까?"

"……?"

"어떠세요? 기분이 별로죠?"

"지금… 뭘 한 거냐?"

"그냥 한 번쯤 이렇게 말해보고 싶었습니다."

'이 자식이 진짜.'

이용운의 속에서 열불이 치솟았다.

그렇지만 이용운은 꾹 눌러 참았다.

그동안 자신이 해왔던 게 있었기 때문이었다.

또, 지금 버럭 화를 낸다면 박건의 대답을 들을 수 없을 것이란 생각이 들어서였다.

"어떠냐?"

"뭐가요?"

"그렇게 말하고 나니까 기분이 좀 풀리느냐?"

"좀 풀렸습니다."

"그럼 이제 말해보거라. 서광현의 구종을 어떻게 정확히 예측했지?"

박건이 대답했다.

"투수 출신이니까요."

*　　　*　　　*

"아시다시피 서광현이 초구로 던졌던 직구에 헛스윙을 했습니다. 154㎞의 구속, 그것도 완벽하게 제구가 된 서광현의 직구는 알면서도 치기 어렵더군요."

서광현이 던졌던 초구에 헛스윙을 하던 당시의 기억을 떠올린 박건이 고개를 절레절레 흔들었다.

알고도 못 친다는 표현이 딱 어울렸던 상황이었다.

그때, 이용운이 물었다.

"지금 그 얘긴 왜 꺼내는 거냐?"

"제가 초구에 헛스윙을 했기 때문에 서광현이 2구째로 포크볼을 던졌거든요."

"무슨 뜻이지?"

"연기를 좀 했습니다."

"연기?"

"비록 이번에는 타이밍을 맞추지 못해서 직구를 공략하지 못했다. 그렇지만 다음번에는 다를 것이다. 그러니 제발 한 번만 더 직구를 던져라. 이렇게 아쉬운 표정을 지으면서 연기를 펼쳤습니다."

박건이 대답을 마친 순간, 이용운이 반론을 펼쳤다.

"고작 후배의 연기 때문에 서광현이 겁을 집어먹고 직구가 아닌 포크볼을 던졌다고?"

"왜 고작이라고 표현하시는 겁니까?"

"후배의 연기가 그렇게 뛰어난 편은 아니거든."

이용운이 딱 잘라 대답했지만, 박건은 당황하지 않고 여유 있게 입을 뗐다.

"그게 끝이 아니었습니다. 직구를 노리는 것처럼 배트를 좀 더 짧게 쥐었고, 타석의 위치도 바꾸었습니다."

'직구를 던지다가는 위험하다.'

박건이 타석에서 펼치던 연기를 확인한 서광현은 이렇게 판단하고 포크볼을 던졌던 것이었다.

엄밀히 말하면 박건은 서광현이 던질 구종을 예측해서 맞춘 것이 아니었다.

서광현이 포크볼을 던지도록 유도했던 셈이었다.

"그럼 3구째로 슬라이더를 던질 것은 어떻게 알았느냐?"

"비슷한 이유였습니다."

"비슷한 이유?"

"서광현이 2구째로 포크볼을 던졌을 때, 제가 꿈쩍도 안 했습니다. 그것을 통해 서광현은 제가 타석에서 직구 하나만 노리고 있다고 더욱 확신했을 겁니다."

"그래서 직구가 아닌 슬라이더를 던졌다?"

"그렇습니다."

"이상하구나."

"뭐가 이상하단 겁니까?"

"서광현은 왜 후배를 상대로 4구째에 직구를 던졌던 거지? 후배가 직구를 노리고 있다는 사실을 알면서도 대체 왜 직구를 던졌을까?"

이용운이 의문을 드러낸 순간, 박건이 대답했다.

"투수니까요."

"응?"

"오늘 내 컨디션은 최고다. 직구 구속이 150㎞대 중반까지 나오는데 내가 왜 타자와 과감하게 정면 승부 하지 않고, 계속 도망치고 있는 거지? 그냥 승부 하자. 절대 내 공을 못 칠 테니까. 아마 당시 서광현의 심리 상태였을 겁니다. 그래서 저는 서광현이 더 도망가지 않고 직구 승부를 펼칠 거라고 판단했던 겁니다. 제가 투수 출신이라서 투수의 심리를 간파할 수 있었기에 구종 예측에 성공할 수 있었던 것 같습니다."

박건이 대답을 마친 순간, 이용운이 말했다.

"많이 변했구나."

                    *   *   *

'장족의 발전이구나.'

처음 영혼의 파트너(?)가 됐을 때의 박건은 물가에 내놓은 어린아이처럼 느껴질 정도로 햇병아리였다.

자신의 도움이 없으면 아무것도 못 했었는데……

그로부터 채 1년의 시간도 흐르지 않았는데, 박건은 많이 달라져 있었다.

자신에게 일방적으로 의존하지 않고, 스스로 정확한 판단을 내려가면서 경기에 임하기 시작했다.

'확실히 서당 개보다는 낫구나.'

이용운이 희미한 미소를 머금은 채 입을 뗐다.

"분명히 무모한 주루플레이였기는 했지만, 중요한 건 도가 아니라 모가 나왔다는 점이다. 덕분에 통합 우승을 위한 팔부 능선은 넘었다."

청우 로열스의 한국시리즈 1차전 승리.

단순한 1승이 아니었다.

1승 이상의 의미가 담겨 있었다.

단기전에서 가장 중요한 기선 제압에 성공했을 뿐만 아니라, 장정훈 감독의 패착을 이끌어냈기 때문이었다.

'선발투수인 서광현을 경기 후반 불펜투수로 투입했던 것부터 위험한 선택이었어. 그런데 서광현을 내고도 경기에서 패했기 때문에 우송 선더스가 입은 타격은 두 배가 됐어.'

우송 선더스 장정훈 감독의 한국시리즈 1차전 구상에 서광현의 투입은 없었다.

양승환과 윤진수, 장길태까지.

필승조를 일찌감치 투입해서 1차전 승리를 따내는 것이 목표였다.

그렇지만 경기 후반 배준영에게 전혀 예상치 못했던 동점 홈런을 허용하면서 장정훈 감독이 머릿속으로 그렸던 구상은 어긋

났다. 그리고 서광현을 10회 말에 투입한 것은 3차전을 포기하는 한이 있더라도 1차전에서 꼭 승리를 거두겠다는 의지를 피력한 것이었다.

그럼에도 불구하고 한국시리즈 1차전을 내줬으니, 장정훈 감독이 한국시리즈를 앞두고 그려온 구상은 엉망진창으로 변해 버린 셈이었다.

"2차전이 이번 시리즈의 승부처다. 만약 2차전도 청우 로열스가 승리를 거둔다면 통합 우승을 위한 구부 능선을 넘게 되거든."

＊　　　　＊　　　　＊

필립 스미스 VS 송성문.

한국시리즈 2차전, 양 팀의 선발투수 대진이었다. 그리고 2차전 경기는 1차전과 흡사한 분위기로 흘러갔다.

0-0.

팽팽한 투수전 양상으로 흐르던 경기가 중반으로 접어들었고, 우송 선더스가 먼저 찬스를 잡았다.

슈악.

따악.

4회 초 1사 주자 없는 상황에서 타석에 들어선 조우종은 송성문이 구사한 커브를 제대로 받아쳐 우중간을 반으로 가르는 2루타를 때려냈다.

1사 2루에서 타석에 들어선 것은 우송 선더스의 4번 타자 빅터 스마일.

장타를 의식한 송성문은 빅터 스마일과 정면 승부를 펼치지 못했다.

슈악.

"볼넷."

유인구 위주로 승부 하던 송성문은 빅터 스마일에게 볼넷을 허용했다.

1사 1, 2루 상황에서 송성문은 장민섭을 상대했다. 그리고 플레이오프 최우수선수로 뽑혔던 장민섭은 송성문의 초구를 노려 쳤다.

따악.

경쾌한 타격음이 흘러나온 순간, 이용운이 소리쳤다.

"7시 방향으로 달려."

좌중간 코스로 향하는 장민섭의 타구를 힐끗 살핀 박건이 지시대로 7시 방향으로 달리기 시작했다.

'잡을 수 있을까?'

박건이 생각한 순간, 이용운이 소리쳤다.

"못 잡아."

"그럼 여기서 멈추고 펜스플레이에 대비해야 하는 것 아닙니까?"

"일단 시키는 대로 달려."

박건이 속도를 줄이지 않고 달리며 고개를 돌려서 장민섭의 타구를 살폈다.

툭. 툭. 데구르르.

좌중간 코스를 정확히 반으로 가르며 그라운드에 떨어진 장민섭의 타구는 펜스까지 굴러갔다.

'왜 7시 방향으로 달리라고 한 거지?'

펜스 쪽으로 달리던 박건이 의문을 품었다.

'처음부터 8시 방향으로 달렸다면, 슬라이딩캐치를 시도해 볼수도 있지 않았을까?'

이런 생각이 들었기 때문이었다.

"후배가 먼저 공을 잡아서 송구해야 해."

그때, 이용운이 지시했다.

"제가 잡습니다."

역시 타구를 쫓아온 중견수 이필교의 위치를 확인한 박건이 소리쳤다.

펜스를 맞고 튕겨 나온 공을 잡은 박건이 중계플레이를 시작했다.

쉬이익.

박건이 던진 송구가 유격수 배준영에게 정확하게 전달됐다. 그리고 배준영은 홈으로 송구를 하지 않았다.

2루 주자였던 조우종과 홈승부를 하기에는 너무 늦었다고 판단했기 때문이었다.

1루 주자였던 빅터 스마일이 3루에서 멈춘 것을 확인한 배준영은 송구를 하는 대신 공을 쥔 채 앞으로 달려갔다.

0―1.

선취점을 허용한 순간, 박건이 아쉬움을 드러냈다.

'승부를 걸어보는 것도 나쁘지 않았을 것 같은데.'

슬라이딩캐치를 시도하면서 승부를 걸어보는 것에 대한 미련이 못내 남아서였다.

"왜 일곱 시 방향으로 뛰라고 하신 겁니까? 여덟 시 방향으로 뛰었다면 승부가 가능했을 수도 있었는데."

박건이 결국 불만을 토로한 순간, 이용운이 대답했다.

"슬라이딩캐치를 시도했다고 하더라도 못 잡았다."

"하지만……."

"네 주력과 타구의 방향, 그리고 타구의 비거리를 모두 고려해서 내린 결론이다."

"그래도 한 번 시도는 해보는 편이……."

"모험보단 안정을 택했다. 덕분에 실점을 한 점으로 막아냈지."

박건이 3루 베이스 위에 서 있는 빅터 스마일을 바라보았다.

우송 선더스의 외국인 타자인 빅터 스마일은 거구였지만, 발이 느리지 않았다.

주력을 갖추고 있었음에도 불구하고, 그는 좌중간을 꿰뚫은 장민섭의 타구가 나왔을 때 홈으로 파고들지 못했다.

3루 주루코치가 강하게 만류했기 때문이었다.

그로 인해 빅터 스마일의 표정에는 아쉬운 기색이 잔뜩 묻어 있었다.

'그래. 1실점으로 막은 것이 다행이야.'

박건이 속으로 생각했을 때였다.

"디테일이 차이를 만드는 법이다."

이용운이 힘주어 말했다.

그 이야기를 들은 박건이 핀잔을 건넸다.

"요새 TV를 너무 많이 보셨어요."

*   *   *

'광고 카피네!'

듣는 순간, 느낌이 딱 왔다.

그래서 박건이 핀잔을 건네자, 이용운이 억울한 목소리로 물었다.

"설마 디테일이 무슨 뜻인지 모르는 거냐?"

"압니다."

"진짜 알아?"

"진짜 안다니까요."

"무슨 뜻인데?"

'상품명 같은데?'

정확히 무슨 상품의 광고에 등장하는 카피 문구인지까지는 알지 못했기에 박건이 서둘러 화제를 돌렸다.

"지금 그게 중요합니까?"

버럭 소리친 박건이 더그아웃 쪽으로 고개를 돌렸다. 그리고 감독석에 앉아 있는 한창기 감독을 발견하고 다시 입을 뗐다.

"약발이 떨어졌나 봅니다."

"약발이 떨어지다니, 무슨 소리야?"

"예방주사 약발이 떨어졌다는 뜻입니다. 1차전과 달리 오늘은 한창기 감독님이 움직이지 않으시잖아요."

한국시리즈 1차전, 한창기 감독의 투수 교체 타이밍은 빨랐다.

1차전 선발투수인 조던 픽스가 4회 초에 실점 위기에 처하자, 빠르게 투수 교체를 단행했었다.

그렇지만 오늘은 달랐다.

2차전 선발투수인 송성문 역시 4회 초에 위기에 처했다.

이미 1실점을 허용한 데다가, 1사 2, 3루의 위기가 이어지고 있었다.

그럼에도 불구하고 한창기 감독은 1차전과 달리 투수 교체를 단행하지 않았다.

아예 마운드에 방문조차 하지 않았다.

이것이 예방주사 약발이 떨어졌다고 박건이 표현한 이유.

그렇지만 이용운의 판단은 달랐다.

"명장 코스프레를 자주 시전하더니 진짜 명장이 다 돼가는구나."

"명장… 이요?"

"인내심이 강해졌거든."

이용운의 평가를 들은 박건이 황당한 표정을 지었다.

한국시리즈 1차전과 2차전.

거의 흡사한 상황에서 한창기 감독의 선택은 달랐다.

그리고 이용운의 평가도 달랐다.

한국시리즈 1차전에서 한창기 감독이 실점 위기에 처한 선발투수 조던 픽스를 일찍 강판했을 때, 이용운은 과감한 결단력이 빛난다고 평가했다.

한국시리즈 2차전, 한창기 감독이 실점을 허용한 선발투수 송성문을 강판하지 않는 선택을 내리자, 이용운은 인내심이 강하다고 평가했다.

'사람이 일관성이 없어, 일관성이. 아니, 사람이 아니라 귀신이라서 그런가?'

그런 이용운을 박건이 속으로 욕하고 있을 때였다.

"방금 날 일관성이 없다고 욕했지?"

"잘 아시네요."

"내가 이래 봬도 귀신……."

"선배님이 생각해도 일관성이 없었다고 느껴지시죠?"

박건의 질문을 받은 이용운이 당당하게 대답했다.

"전혀."

'역시 뻔뻔해.'

박건이 재차 속으로 욕할 때, 이용운이 덧붙였다.

"내가 일관성이 없는 게 아니라 상황이 달라진 것이다."

"무슨 상황이 어떻게 달라졌다는 겁니까?"

"한국시리즈 1차전에서 청우 로열스가 승리를 거뒀거든. 그러니 한창기 감독의 한국시리즈 구상도 달라지는 게 당연한 게 아니냐? 한창기 감독은 최악의 경우에는 2차전을 내준다는 생각으로 오늘 경기에 임하고 있다."

'1승 1패를 거두는 것도… 나쁘지 않지.'

가장 최상은 청우 로열스의 홈구장에서 열리는 한국시리즈 1차전과 2차전에서 모두 승리를 거두는 것이었다.

그렇지만 1승 1패의 전적을 거두는 것도 나쁠 것은 없었다.

정규시즌에서 우승을 차지한 덕분에 한국시리즈에 선착해서 기다렸던 청우 로열스는 준플레이오프와 플레이오프를 치르고 한국시리즈에 진출한 우송 선더스보다 체력적으로 우위에 있었다.

한국시리즈 승부가 길어지면 더 유리한 쪽이 청우 로열스라는 것은 부인할 수 없는 사실이었다.

그래서 박건이 나쁘지 않다고 생각했을 때, 이용운이 말했다.

"오늘 경기를 치르는 한창기 감독의 1차 목표는 투수들을 최대한 아끼는 것이다. 그래서 송성문이 최대한 긴 이닝을 소화해 주길 바라고 있지. 이게 송성문을 이른 타이밍에 교체하지 않는 이유다."

그때, 우송 선더스의 6번 타자 심태평이 힘껏 배트를 돌렸다.

따악.

경쾌한 타격음이 흘러나온 순간, 박건의 표정이 굳어졌다.

'빠졌다.'

심태평의 타구는 배트 중심에 잘 맞은 데다가, 코스도 좋았다.

2, 3루 간을 꿰뚫는 좌전 안타가 될 거라고 판단한 박건이 전진했을 때였다.

팟.

유격수 배준영이 끝까지 포기하지 않고 쫓아가서 타구를 역동작으로 잡아내는 데 성공했다. 그리고 타구를 잡아낸 배준영이 노스텝으로 1루로 송구했다.

1루수에게 원바운드로 도착한 송구의 방향은 정확했다.

"아웃."

앤서니 쉴즈가 송구를 잡은 것이 타자주자 심태평이 베이스를 밟은 것보다 조금 빨랐기에 1루심은 아웃을 선언했다.

0—2.

그사이, 3루 주자가 홈으로 들어오면서 스코어는 두 점 차로 벌어졌다.

그렇지만 한 점을 더 허용한 것이 오히려 다행이었다.

만약 배준영의 호수비가 아니었다면, 2루 주자까지 홈으로 들어오면서 석 점 차로 벌어졌을 터였기 때문이었다.

그리고 배준영의 호수비 덕분인지 송성문은 다시 힘을 냈다.

슈악.

딱.

7번 타자 김한진을 2루수 앞 땅볼로 처리하며 송성문은 추가 실점 없이 이닝을 마무리했다.

*   *   *

6회 말 청우 로열스의 공격.

선두타자는 팀의 리드오프 고동수였다.

5이닝 무실점 호투를 펼치고 있는 필립 스미스를 상대로 고동수는 신중하게 승부를 가져갔다.

풀카운트까지 이어진 승부.

슈악,

필립 스미스가 6구째로 바깥쪽 슬라이더를 던졌다.

고동수가 배트를 휘두르던 도중 가까스로 멈추었다.

"볼넷."

주심이 볼넷을 선언한 순간, 이용운이 흡족한 목소리로 말했다.

"확실히 선구안이 좋아졌어. 두 번은 안 속는구나."

고동수는 오늘 경기 첫 타석에서는 내야땅볼, 두 번째 타석에서는 헛스윙 삼진으로 물러났다. 그리고 두 번째 타석에서 고동수가 헛스윙하면서 삼진을 당했던 구종이 바로 필립 스미스의 바깥쪽 슬라이더였다.

그렇지만 세 번째 타석에서는 달랐다.

고동수는 풀카운트 승부 끝에 필립 스미스가 던진 바깥쪽 슬라이더를 잘 참아내면서 볼넷을 얻어낸 것이었다.

발 빠른 선두타자 고동수를 볼넷으로 루상에 내보낸 필립 스미스가 아쉬운 기색을 드러냈다.

박건이 타석으로 들어선 후, 벤치의 사인을 확인했다.

'희생번트.'

박건이 한창기 감독이 낸 작전 지시를 확인한 순간이었다.

"이건 아니지."

이용운이 언성을 높였다.

"팀 내 최고의 타자에게 희생번트를 지시하는 건 너무 소심하잖아. 명장 되려면 아직 멀었네."

'역시 일관성이 없어.'

불과 조금 전에 한창기 감독에게 명장이 다 됐다고 칭찬하던 이용운의 태도는 금세 돌변해 있었다.

박건에게 희생번트 작전을 지시한 한창기 감독을 힐난하고 있었다.

"제 생각엔 이게 맞는 것 같습니다."

그렇지만 박건의 생각은 달랐다.

두 점 차로 뒤지고 있는 상황.

그리고 아직 6회 말이었다.

일단 추격하는 점수를 만들어내는 것이 급선무라고 판단한 것이었다. 그러나 이용운은 자신의 주장을 굽히지 않았다.

"후배도 한심한 건 마찬가지로구나. 메이저리그 진출 안 할 거야?"

*　　　　*　　　　*

'여기서 메이저리그 진출 이야기가 또 왜 나와?'

이용운이 불쑥 던진 질문을 받은 박건이 당황했다.

한창기 감독이 낸 희생번트 작전 지시를 이행하는 것과 메이저리그 진출 사이에 대체 어떤 연관성이 있는지 이해하기 어려워서였다.

그때, 이용운이 덧붙였다.

"내 판단에는 간당간당하다."

"뭐가 간당간당하다는 겁니까?"

"메이저리그 진출을 위한 명분을 얻는 것 말이야."

이용운에 입에 올린 명분은 포스팅 금액이었다.

송이현 단장과 대화 중 박건은 최소 250만 달러의 포스팅 금액 입찰을 메이저리그 진출을 위한 명분으로 내세웠었다.

"현재 내 계산으로는 200만 달러 정도다."

이용운이 꺼낸 말을 들은 박건의 표정이 굳어졌다.

방금 이용운이 입에 올린 200만 달러는 포스팅 금액.

즉, 메이저리그 구단에서 박건의 가치를 200만 달러 정도로 판단하고 있다는 뜻이었다.

'50만 달러가 모자라.'

자신이 내세웠던 명분을 충족시키기에는 50만 달러가 부족했다. 그리고 명분을 충족시키지 못하면 박건의 메이저리그 진출도 무산됐다.

'쓰는 김에 좀 더 쓸 것이지.'

50만 달러는 메이저리그 구단 입장에서는 큰 금액이 아니었다.

또, 박건은 메이저리그에 진출하게 되면 잘할 자신도 있었다.

그렇지만 메이저리그 구단의 판단은 달랐다.

그리고 이 부분까지는 박건이 어찌할 도리가 없었다.

"…어쩔 수 없죠."

해서 박건이 아쉬운 표정을 지은 채 말하자, 이용운이 언성을 높였다.

"어쩔 수 없다니? 이제 와서 포기하겠다는 거야?"

"달리 방법이 없지 않습니까? 저도 할 만큼 했습니다."

메이저리그 구단에서 파견한 스카우터들 앞에서 일종의 쇼케이스가 열릴 때마다 박건은 최선을 다했다.

그렇지만 판단은 박건의 몫이 아니었다.

메이저리그 구단 스카우터들이 박건의 가치를 그렇게 평가한 이상, 달리 방법이 없다는 생각이 든 것이었다.

그러나 이용운은 포기하지 않았다.

"더 해."

"뭘 더 하란 겁니까?"

"아까도 말했듯이 간당간당한 상황이다. 그러니 기회를 만들어서라도 더 보여주면 포스팅 금액이 올라갈 수 있어."

이용운의 이야기를 들은 박건이 한숨을 내쉬며 물었다.

"그 말씀은 한창기 감독님의 지시를 무시하란 겁니까?"

"누가 무시하래?"

"그럼요?"

"지시를 따르면서도 차이를 만들자는 뜻이다."

"그러니까 어떻게요?"

"최선을 다해서."

"……?"

"아까 내가 디테일이 차이를 만든다고 말했잖아."

이용운과 대화를 나누던 박건이 자신에게 향해 있는 주심의 강렬한 시선을 느끼고 고개를 돌렸다.

"뭐 해?"

"날파……."

습관적으로 날파리 떼를 입에 올리려 했던 박건이 도중에 입을 다물었다.

주변에 날파리 떼는커녕 한 마리의 날파리도 없다는 것을 알아챘기 때문이었다.

"우리 팀 사인이 너무 복잡하네요. 좀 간단하게 바꿔달라고 감독님에게 저 대신 건의 좀 해주십시오."

예전이었으면 주심의 강렬한 시선을 느끼고 당황해서 어쩔 줄 몰랐을 텐데.

짬밥이 쌓여서일까.

박건은 당황하지 않고 주심에게 농담까지 던졌다.

"실없는 소리 관두고 빨리 타석에 서기나 해."

주심의 재촉을 받은 박건이 더 버티지 못하고 번트 자세를 취했다.

슈아악.

필립 스미스가 기다렸다는 듯이 초구를 던졌다.

'몸쪽 직구, 높다.'

순순히 희생번트를 허용하지 않겠다는 듯 필립 스미스는 몸쪽 높은 직구를 던졌다.

틱.

박건이 배트에 공을 맞추기는 했지만, 번트 타구는 3루 측 라인 선상을 훌쩍 벗어났다.

타다닷.

타다닷.

번트 타구를 처리하기 위해서 투수인 필립 스미스와 3루수 심태평이 빠르게 홈플레이트 쪽으로 대시했다가, 파울이 된 것을 확인하고 돌아갔다.

'희생번트를 성공시키기 쉽지 않겠네.'

박건이 한숨을 내쉬었을 때, 이용운이 말했다.

"다행이다."

'뭐가 다행이란 거지?'

초구에 희생번트를 성공시키지 못했다. 그리고 2스트라이크 이후에는 번트를 대는 것이 더 부담스러웠다.

2스트라이크 이후 스리번트를 시도했다가 파울이 되면 아까운 아웃카운트 하나만 올라가기 때문이었다.

즉, 이번에 무조건 희생번트를 성공시켜야 하는 만큼 부담이 훨씬 더 커졌고, 실패 확률도 높아진 셈이었다.

'선배님이 이 사실을 모를 리 없을 텐데 왜 다행이라고 하신 거지?'

박건이 고민 끝에 답을 찾아냈다.

"제가 2구째에도 번트 실패를 하길 원하시는 거군요."

"왜 그렇게 생각했지?"

"스리번트는 너무 위험하고 무모하다고 판단한 한창기 감독님이 희생번트 작전을 포기할 것이다. 이걸 노리시는 것 아닙니까?"

"틀렸다."

"틀렸다고요?"

"그래. 희생번트는 성공시켜야 한다. 메이저리그 구단 스카우터들은 작전 수행 능력도 평가할 테니까."

"그럼 대체 왜 다행이라고 표현하신 겁니까?"

"후배도 살고 고동수도 살 수 있는 방법을 찾아냈으니까."

이용운이 힘주어 덧붙였다.

"우송 선더스 수비진은 후배가 이번 타석에 희생번트를 댈 것이라고 확신하고 있다. 그래서 번트를 대비한 극단적인 수비 시프트를 사용하고 있지. 그 수비 시프트의 허를 찌르면 아까 내가 말했던 대로 후배도 살 수 있고, 1루 주자인 고동수도 살 수 있다."

"어떻게요?"

이용운이 대답했다.

"번트 타구를 띄워라."

제2장

번트 시도에서 가장 위험한 것이 타구를 띄우는 것이었다.

타구가 뜨면 잡힐 가능성이 높아지고, 자연히 빠르게 스타트를 끊은 1루 주자도 위험해지기 때문이었다.

"푸시번트를 하란 뜻이다."

그런데 이용운은 박건에게 번트 타구를 띄우라고 지시했다.

'너무 위험하지 않을까?'

그래서 박건이 우려 섞인 표정을 지었을 때, 이용운이 말했다.

"임기응변이 뛰어나면 메이저리그 구단 스카우터들에게서 가산점을 받을 수 있다."

'임기응변이란 표현, 딱 어울리네.'

이용운이 원하는 것.

번트 타구를 띄워서 투수인 필립 스미스의 키를 넘기는 것이었다.

우송 선더스 수비진은 희생번트를 대비해서 극단적인 수비 시프트를 펼치고 있었다.

1루 주자 고동수를 2루에서 잡아내는 것이 극단적 수비 시프트의 목표.

그 목표를 달성하기 위해서 우송 선더스의 1루수와 3루수, 그리고 투수인 필립 스미스는 박건이 희생번트를 시도하는 순간, 빠르게 앞으로 대시해야 했다.

이런 수비 시프트는 초구에 댄 번트가 파울이 된 상황을 통해서 이미 확인했다.

"3루수와 1루수가 전진하면 유격수는 2루 베이스커버를, 2루수는 1루 베이스커버를 들어간다. 따라서 번트 타구를 투수 필립 스미스의 키를 넘기며 떨어뜨릴 수만 있다면, 내야안타를 만들 수 있는 가능성이 무척 높아진다."

이용운의 말처럼 번트 타구 수비를 위해서 전진할 투수 필립 스미스의 키를 넘기기만 하면 내야안타가 될 확률은 무척 높아졌다.

그렇지만 이용운의 표현처럼 쉬운 플레이는 아니었다.

만약 이게 쉬운 플레이였다면?

엇비슷한 상황에서 이런 플레이가 자주 나왔을 것이었다.

그런데 거의 나오지 않는다는 것이 결코 쉽지 않은 플레이라는 증거였다.

'번트 타구의 강약 조절이 중요해. 만약 너무 강하거나 약하면, 내야플라이가 되면서 빠르게 스타트를 끊은 1루 주자도 비명

횡사할 가능성이 높아져.'

더블아웃이 될 가능성도 배제할 수 없는 상황.

그래서 박건이 선뜻 결정을 내리지 못하고 망설일 때, 이용운이 말했다.

"지금 간당간당한 상태라니까. 여기서 임기응변을 부려서 가산점을 얻으면 후배에 대한 메이저리그 구단 스카우터들의 평가가 더 높아질 것이다."

"……."

"그리고 아까 말했잖아. 한창기 감독은 2차전을 내줄 각오를 하고 있다고. 밑져야 본전 아냐?"

'밑져야 본전은 아닌 것 같은데.'

박건이 고개를 갸웃하면서도 결국 이용운의 지시를 따르기로 결심했다.

가산점이란 말에 혹했기 때문이었다.

"해보죠."

"잘 생각했다. 필립 스미스가 2구째로 던질 구종은……."

"압니다."

이용운의 말을 도중에 자르며 박건이 신중하게 번트 자세를 취했다.

'몸쪽 높은 코스의 직구가 들어올 거야.'

슈아악.

스윽.

예측이 적중한 순간, 박건이 왼발을 빠르게 뒤로 뺐다.

몸의 중심을 뒤로 기울이면서 박건이 배트를 기울였다.

틱.

배트 상단에 맞은 공이 살짝 떠올랐다.

타다닷.

빠르게 홈플레이트 쪽으로 대시하던 필립 스미스가 살짝 떠오른 번트 타구를 확인하고 당황한 기색을 드러냈다.

그런 그가 급히 대시하는 것을 멈추기 위해 애썼다.

주르륵.

그러나 몸이 따라주지 않았다.

급히 달려오던 것을 멈추고 방향을 전환하는 과정에서 디딤발이 미끄러지면서 필립 스미스가 그라운드에 주저앉았다.

툭. 툭.

박건의 번트 타구는 마운드 근처에 떨어졌다.

필립 스미스가 미끄러져 넘어지는 것을 확인한 3루수 심태평이 급히 방향을 바꾸어 타구를 처리하기 위해 달려왔다. 그리고 2루 베이스커버를 들어갔던 유격수 조일장도 타구를 처리하기 위해서 마운드 쪽으로 뛰어왔다.

1루로 전력 질주 하던 박건이 1루 주자였던 고동수를 살폈다.

여유 있게 2루에 도착한 고동수는 멈추지 않고, 3루로 내달렸다.

'3루가 비었다는 걸 간파했어.'

고동수가 3루로 뛰는 것을 확인한 3루수 심태평이 크게 당황하며 타구 처리를 포기하고 3루로 돌아갔다.

그 모습을 지켜보던 박건이 두 눈을 빛냈다.

'3루만 빈 게 아니라, 2루도 비었다.'

원래 2루 베이스커버를 들어와야 했던 유격수 조일장은 번트 타구를 처리하기 위해서 마운드 쪽에 서 있었다. 그리고 2루수는 1루 베이스커버를 들어와 있었다.

탁.

2루가 비었다는 사실을 빠르게 간파한 박건이 1루 베이스를 밟은 후 속도를 줄이지 않은 채 2루로 내달렸다.

"어!"

번트 타구를 잡아서 3루로 송구하려던 조일장은 뒤늦게 2루로 내달리는 박건을 발견하고 경호성을 터뜨렸다.

2루가 비었다는 사실을 깨달은 조일장은 잠시 머뭇거리다가 송구를 포기하고 방향을 바꿔서 2루로 뛰기 시작했다.

쐐애액.

슬라이딩을 한 박건의 발이 2루 베이스에 닿은 것이 몸을 던진 조일장의 공을 쥔 손이 베이스에 닿는 것보다 조금 더 빨랐다.

"세이프."

2루심이 세이프를 선언한 순간, 박건이 주변을 살폈다.

'어수선하네.'

허를 찔렸기 때문일까.

극단적인 번트 수비 시프트를 펼쳤던 우송 선더스 수비진은 우왕좌왕했다.

그사이, 1루 주자였던 고동수는 3루에 도착했고, 타자주자인 박건도 2루에 안착했다.

'성공했다.'

박건이 안도한 순간, 이용운이 소리쳤다.

"최상의 결과를 얻었다. 필립 스미스가 부상을 당했으니까."

*　　　　*　　　　*

'발목이 접질렸어.'

박건의 번트 타구를 처리하기 위해서 필립 스미스는 홈플레이트 쪽으로 빠르게 대시했다. 그런데 번트 타구가 살짝 떠오른 것을 확인하자마자, 서둘러 멈춰 섰다. 그리고 급히 방향 전환을 하는 과정에서 미끄러졌고, 그 과정에서 발목이 접질린 것이었다.

심각한 부상은 아니었다.

그렇지만 투수는 민감한 동물이었다.

부어오른 발목으로 계속 투구를 이어가기는 어려웠다.

직접 그라운드로 걸어 나와서 필립 스미스의 상태를 체크하던 장정훈 감독의 표정은 무척 어두웠다.

"투수 교체."

잠시 후, 장정훈 감독이 침통한 표정으로 투수 교체를 알렸다. 그리고 필립 스미스의 갑작스러운 부상으로 급히 마운드에 오른 것은 윤진수였다.

"몸이 덜 풀렸다."

연습 투구를 하는 윤진수를 박건이 바라보고 있을 때, 이용운이 말했다.

'당연한 거야.'

장정훈 감독의 원래 계획은 선발투수인 필립 스미스에게 최소 7이닝을 던지게 하는 것이었다.

그런데 필립 스미스가 번트 수비를 하던 도중 불의의 부상을 당했다.

미리 불펜투수를 준비시키지 않았던 만큼, 윤진수는 몸이 덜 풀린 상태로 갑자기 마운드에 오르게 된 것이었다.

슈악.

윤진수가 양훈정을 상대로 초구를 던졌다.

'높다. 그리고 가운데로 몰렸다?'

몸이 덜 풀린 여파는 제구 미스로 이어졌다. 그리고 양훈정은 실투를 놓치지 않았다.

따악.

묵직한 타격음과 함께 우중간으로 뻗어 나가는 타구를 박건이 바라보았다.

'넘어갔나?'

박건이 2루 베이스와의 거리를 벌리며 타구의 궤적에서 시선을 떼지 못하고 있을 때였다.

"태그업 준비 안 해?"

'태그업?'

그제야 박건이 타구에서 시선을 떼고, 2루 베이스로 돌아왔다.

'흥분했어.'

양훈정이 때린 잘 맞은 타구가 홈런이 될 수도 있단 기대에 들떠서 너무 흥분했다.

타구가 우중간 깊숙한 코스로 향하는 만큼, 타구가 잡힐 것을 대비해서 태그업을 준비하는 기본 중의 기본조차도 잊었을 정도로.

잠시 후 박건이 아쉬운 기색을 드러냈다.

양훈정의 타구가 더 뻗지 못하고 외야 펜스 바로 앞에서 잡혔기 때문이었다.

타다닷.

3루 주자 고동수가 태그업을 해서 여유 있게 홈으로 파고들었다.

타다닷.

2루 주자였던 박건 역시 태그업을 해서 3루까지 진루했다.

1—2.

마침내 청우 로열스가 추격점을 올렸다. 그리고 아직 찬스는 끝나지 않았다.

1사 3루 상황에서 타석으로 4번 타자 앤서니 쉴즈가 들어섰다.

슈악.

따악.

양훈정과 마찬가지로 앤서니 쉴즈 역시 윤진수의 초구를 노려 쳤다.

바깥쪽 슬라이더를 잡아당긴 타구가 높이 솟구쳤다.

'이번엔 넘어가지 않을까?'

박건이 기대를 품었지만, 앤서니 쉴즈의 타구도 마지막 순간에 더 뻗지 못하고 펜스 근처에서 잡혔다.

타다닷.

태그업을 시도한 박건이 여유 있게 홈으로 들어왔다.

2—2.

경기의 균형추가 다시 맞춰졌다.

                    *   *   *

8회 말, 청우 로열스의 공격.

우송 선더스의 마운드는 7회부터 양승환이 지키고 있었다.

선두타자인 앤서니 쉴즈와 양승환이 대결을 펼치는 것을 지켜보던 박건이 아쉬운 기색을 드러냈다.

"역전을 만들어낼 수도 있었는데."

5회 말 공격에서 청우 로열스는 2점을 뽑아냈다.

덕분에 두 점 차로 뒤지고 있던 경기의 균형추를 맞출 수 있었지만, 박건은 동점에서 끝난 것이 아쉬웠다.

무사 2, 3루의 득점 찬스.

더구나 우송 선더스의 선발투수인 필립 스미스가 부상으로 갑작스레 강판되면서 혼란스러운 상황이었다.

역전을 만들 수 있는 절호의 기회가 찾아왔음에도 청우 로열스가 동점을 만든 데서 그친 것이 못내 아쉬운 것이었다.

"너무 아쉬워할 필요 없다."

그때, 이용운이 말했다.

"왜 아쉬워할 필요가 없다는 겁니까?"

"동점을 만든 데서 청우 로열스의 공격이 끝난 것이 오히려 최상의 결과였으니까."

"하지만……."

"못 믿겠으면 한창기 감독을 한번 봐라. 지금 좋아 죽으려고 하니까."

이용운의 이야기를 들은 박건이 고개를 돌렸다.

그런 박건의 눈에 모자를 푹 눌러쓴 채 감독석에 앉아 있는 한창기 감독의 모습이 보였다.

'진짜… 웃고 있네.'

카메라와 다른 사람들의 시선을 의식해서일까.

한창기 감독은 모자를 깊숙이 눌러썼을 뿐만 아니라, 고개도 아래로 푹 떨구고 있었다.

그렇지만 박건은 한창기 감독이 입이 귀에 걸릴 정도로 환하게 웃고 있는 것을 놓치지 않았다.

'처음이네.'

한창기 감독을 본 지도 꽤 오래.

그렇지만 저렇게 환하게 웃는 모습은 본 것은 처음이었다.

그래서 박건이 놀란 표정을 짓고 있을 때였다.

"경기가 뜻대로 흘러가니 좋을 수밖에."

이용운이 덧붙였다.

"일단 오늘 경기 선발투수로 내보냈던 송성문이 7이닝 2실점으로 기대 이상의 호투를 해준 게 좋은 거다. 인내심을 갖고 투수 교체를 하고 싶은 것을 참아냈던 것에 대한 보상을 받은 셈이니까. 그리고 송성문의 호투 덕분에 청우 로열스는 불펜투수들을 아낄 수 있었다."

송성문이 7이닝을 2실점으로 막은 후, 1차전에 출전하지 않았던 라이언 벤슨이 8회 초를 무실점으로 막아낸 상황.

단 두 명의 투수만으로 8이닝을 끌고 온 셈이니, 청우 로열스는 불펜투수들을 많이 아낀 셈이었다.

"그리고 한창기 감독 입장에서 더 좋은 것은 우송 선더스가 이틀 연속 불펜투수들을 소모하고 있다는 점이다."

선발투수로 출전해서 호투하던 필립 스미스가 예기치 못한 부상으로 비교적 일찍 마운드에서 내려간 후, 우송 선더스는 필승조에 속한 불펜투수들을 차례로 투입했다.

한국시리즈 1차전에서 각각 2이닝씩 던졌던 윤진수와 양승환이 2차전에도 마운드에 올라온 것이었다. 그리고 투구수도 적지 않았다.

윤진수는 2와 1/3이닝을 막으며 서른 개가 넘는 공을 던졌고, 이미 1이닝을 던진 양승환은 8회 말에도 마운드에 올라와 있었다.

'장정훈 감독의 입장에서는 결코 달갑지 않은 상황.'

박건의 생각이 거기까지 미쳤을 때였다.

"그래서 내가 5회 말 공격에서 시원하게 역전하지 못하고 동점만 만든 것이 최상의 결과라고 했던 것이다."

이용운이 흥이 난 목소리로 말을 더했다.

"무슨 뜻입니까?"

"아직도 모르겠어? 쯧쯧, 봉……."

'또 봉황 타령이네.'

'봉'이라는 첫 글자를 들은 박건이 슬쩍 눈살을 찌푸렸을 때였다.

이용운이 도중에 입을 다물더니, 다른 이야기를 꺼냈다.

"만약 5회 말에 시원하게 역전해서 점수 차가 크게 벌어졌다면 장정훈 감독은 일찌감치 경기를 포기했을 것이다. 그런데 동점이 되면서 상황이 애매해졌지. 2차전을 포기할 수 없게 된 거다. 그러다 보니 필승조에 과부하가 걸릴 것을 알면서도 어쩔 수 없이 2차전에도 투입할 수밖에 없게 된 거지."

비로소 말뜻을 이해했지만, 박건은 다시 질문을 던졌다.

"그런데 봉황은 왜 등장하다 만 겁니까?"

이용운이 대답했다.

"나도 양심이 있는 사람, 아니, 귀신이거든."

                    *   *   *

"볼넷."

양승환과 풀카운트 승부를 펼치던 앤서니 쉴즈가 볼넷을 얻어낸 순간, 장정훈 감독이 자리에서 일어섰다.

마운드를 방문한 장정훈 감독이 투수 교체를 단행했다.

양승환을 내리고 장길태를 마운드에 올리는 것을 지켜보던 박건이 고개를 돌려 한창기 감독을 살폈다.

당연히 어떤 움직임이 있을 거라 여겼는데.

박건이 확인한 한창기 감독은 어떤 지시도 내리지 않았다.

'대주자도 기용하지 않고, 작전 지시도 없다?'

동점 상황에서 8회 말에 무사 1루의 찬스가 만들어졌으니, 희생번트 작전을 지시하는 것이 일반적이었다.

그렇지만 한창기 감독은 5번 타자 백선형에게 희생번트 작전을 지시하는 대신, 강공을 지시했다.

'왜?'

박건이 그 선택에 의문을 품었을 때였다.

"직감이다."

이용운이 말했다.

"직감… 이요?"

"1차전의 미친 선수가 배준영이었다면, 2차전에서는 백선형이 미친 선수가 될 것 같다는 직감을 받은 것이다. 그래서 백선형에게 강공을 지시한 거지."

'설마 그 직감이 또 맞겠어?'

박건이 의심을 품었을 때였다.

슈아악.

따악.

묵직한 타격음이 흘러나왔다.

높이 솟구친 백선형의 타구가 외야 펜스를 홀쩍 넘기고 떨어진 것을 확인한 박건이 입을 쩍 벌렸다.

"진짜… 미쳤다."

* * *

4—2.

8회 말에 터진 백선형의 극적인 투런홈런 덕분에 청우 로열스는 역전에 성공했다. 그리고 두 점 차의 리드를 지키며 경기를 마무리하기 위해서 한창기 감독은 마무리투수인 손태민을 9회 초에 투입했다.

'2차전도 거의 잡았다.'

수비위치에 선 박건의 입가로 미소가 번졌다.

이용운은 한국시리즈 1차전을 승리하면서 청우 로열스가 통합 우승의 팔부 능선을 넘었다고 말했다. 그리고 만약 한국시리즈 2차전까지 청우 로열스가 승리한다면, 통합 우승을 위한 구부 능선을 넘는 것이라고 평가했다.

'진짜 통합 우승이 가까워졌다.'

한국시리즈 2차전 승리도 코앞에 다가와 있는 상황.

'내 오억도 손에 닿을 정도로 가까워졌다.'

그래서 박건의 입가로 미소가 번졌을 때였다.

슈아악.

손태민이 9회 말의 선두타자인 유호를 상대로 초구를 던졌다.

따악.

묵직한 타격음이 흘러나온 순간, 박건이 재빨리 고개를 돌렸다.

우익수 방면으로 향하는 타구는 컸다.

빙글 몸을 돌려서 타구를 쫓던 임건우는 얼마 지나지 않아 포기했다.

'넘어갔다.'

외야 관중석 상단에 떨어지는 타구를 확인한 박건의 표정이 딱딱하게 굳어졌을 때, 이용운이 말했다.

"경기가 점점 재밌어지는구나."

"……."

"이래서 한국시리즈 우승을 차지하는 게 어려운 것이다."

*   *   *

4—3.

비록 손태민이 9회 초의 첫 타자인 유호에게 솔로홈런을 허용하긴 했지만, 여전히 청우 로열스가 앞서고 있었다.

아웃카운트 세 개만 더 잡아내면 청우 로열스가 한국시리즈 2차전의 승자가 된다는 사실은 변함없었다.

"후우."

심기일전을 다짐하듯 크게 심호흡을 한 손태민이 조우종을 상대하기 시작했다.

슈아악.

"스트라이크."

슈악.

"스트라이크."

바깥쪽 직구와 커브로 2스트라이크를 먼저 잡아내며 유리한 볼카운트를 선점한 손태민은 다시 안정을 찾은 듯 보였다.

그래서 박건이 안심했을 때였다.

슈악.

퍽.

손태민의 손을 떠난 3구째 몸쪽 커브가 조우종의 허벅지에 맞았다.

'제구가 안 돼.'

사구를 허용한 손태민의 투구를 확인하던 박건이 미간을 좁혔다.

포수인 김천수는 미트를 바깥쪽 코스에 갖다 대고 있었다.

그렇지만 손태민이 던진 커브는 몸쪽 깊은 코스로 날아들었다.

이것이 제구가 전혀 안 된다는 증거.

9회 초에 등판하자마자 유호에게 솔로홈런을 허용한 후, 후속 타자인 조우종에게 다시 출루를 허용한 손태민의 낯빛은 어두웠다.

'중압감을 못 이기는 건가?'

박건이 우려 섞인 시선을 던지고 있을 때, 이용운이 물었다.

"전에 밥 안 샀지?"

"누구한테요?"

"내가 손태민에게 비싼 밥 한번 사라고 했잖아."

박건이 그제야 기억을 떠올리는 데 성공했다.

대승 원더스와의 정규시즌 마지막 3연전 첫 경기에서 손태민은 두 점 차의 리드를 등에 업고 마운드에 올랐지만, 블론세이브를 기록했다.

그로 인해 경기는 연장으로 접어들었고, 결과적으로는 불펜 투수가 바닥난 상황으로 인해 박건이 등판했었다.

손태민이 블론세이브를 기록했을 당시, 이용운은 그에게 밥을 사라고 제안했었다.

"이번엔 진짜 밥 사라."

"왜 자꾸 밥을 사라는 겁니까?"

"손태민이 후배를 꽉꽉 도와주고 있잖아."

'도와주긴 대체 뭘 도와… 가만, 혹시?'

박건이 두 눈을 빛내며 질문했다.

"혹시 제가 오늘 경기에 등판하는 겁니까?"

"그럴 가능성이 높다."

'다시 마운드에 오른다?'

마운드에 대한 갈증을 느끼고 있었기 때문에 표정이 밝아졌던 박건이 이내 고개를 갸웃했다.

올 시즌 처음 투수로 등판했을 때와는 상황이 비슷하면서도 달랐기 때문이었다.

당시에도 손태민의 뒤를 이어 마운드에 올랐다는 점은 비슷했다.

그렇지만 당시와 다른 점은 아직 경기가 연장으로 접어들지 않았다는 것이었다.

그리고 하나 더, 당시에는 불펜투수가 바닥이 났지만, 지금은 불펜투수들이 여럿 남아 있었다.

'차윤수 선배도 남아 있고, 철기도 던질 수 있어.'

필승조에 속한 불펜투수가 두 명이나 남아 있는 상황.

그런데 한창기 감독이 자신을 마운드에 올릴 가능성은 낮다는 생각이 든 것이었다.

그래서 박건이 질문을 던졌다.

"진짜 제게 등판 기회가 돌아올까요?"

"그렇다니까."

"하지만 윤수 선배도 남아 있고, 철기도 던질 수 있습니다."

"그래도 한창기 감독은 널 마운드에 올릴 거다."

"대체 왜요?"

이용운이 대답했다.

"너무 아끼다가는 똥 되는 법이거든."

                    *   *   *

'표현 참… 고급스럽네.'

박건이 고개를 절레절레 흔들었다.

전직 해설위원의 입에서 나온 말치고는 너무 싸구려처럼 느껴졌기 때문이었다.

"표정이 왜 그래?"

그때, 이용운이 물었다.

"전직 해설위원의 입에서 나온 표현이라고는 믿기지 않아서요."

"아끼다 똥 된다는 표현이 어때서?"

"싼티가 팍팍 나잖습니까?"

박건이 지적하자, 이용운이 당당하게 대꾸했다.

"아끼다 똥 된다는 표현이 왜 싼티가 난다는 거야? 엄연히 국어사전에 등재되어 있는 속담인데."

"아끼다 똥 된다는 표현이… 속담이었습니까?"

"그것도 몰랐어?"

"네."

"진짜 싼티 나는 건 그게 속담인지도 몰랐던 후배가 아닐까?"

'쩝.'

박건이 입맛을 다셨다.

'계속해 봐야 나만 손해다.'

이렇게 판단한 박건이 서둘러 화제를 돌렸다.

"태민 선배, 제구가 전혀 안 되는데요."

3볼 노 스트라이크.

무사 1루 상황에서 우송 선더스의 4번 타자 빅터 스마일을 상대하는 손태민은 스트라이크를 던지지 못하고 있었다.

선뜻 투구 동작으로 돌입하지 못하고, 신발 끈을 풀었다가 다시 묶고 로진백을 집어 들었다 내려놓기를 반복하는 손태민을 박건이 걱정스레 바라보고 있을 때였다.

"제구가 안 돼서 스트라이크를 못 던지는 게 아니라, 빅터 스마일에게 장타를 허용하는 것이 무서워서 도망치는 거야. 그리고 손태민은 지금 구조 신호를 보내고 있어."

"구조 신호요?"

"계속 더그아웃을 살피고 있잖아."

이용운의 말처럼 손태민은 신발 끈을 풀었다가 다시 묶을 때도, 로진백을 집어 들 때도 더그아웃 쪽을 바라보았다.

"난 이미 끝났다. 최대한 시간을 끌고 있을 테니 빨리 불펜투수를 준비해 달라고 간청하고 있지."

'정말 구조 신호를 보내고 있는 건가?'

박건이 두 눈을 빛냈을 때, 주심의 인내심이 바닥났다.

주심은 빨리 투구를 재개하라고 경고를 주었고, 손태민이 더 버티지 못하고 빅터 스마일에게 4구째 공을 던졌다.

슈악.

그렇지만 손태민의 손을 떠난 공은 스트라이크존을 크게 벗어났다.

"볼넷."

빅터 스마일에게 스트레이트볼넷을 허용한 손태민이 다시 더그아웃 쪽으로 고개를 돌렸다.

박건도 답답한 표정으로 물었다.

"한창기 감독님이 손태민 선배가 보내고 있는 구조 신호를 알아채지 못한 게 아닐까요?"

"그 정도로 눈치가 없지는 않다."

"그런데 왜 불펜투수를 준비시키지 않는 겁니까?"

이용운이 대답했다.

"지금 좌익수 수비를 보고 있으니까."

*   *   *

저벅저벅.

마운드를 향해 걸어가던 박건의 머릿속이 복잡했다.

'왜 날 선택했을까?'

차윤수와 백철기.

필승조에 속한 두 명의 불펜투수들이 여전히 남아 있는데 왜 한창기 감독이 자신을 선택했는지에 대한 의문이 여전히 풀리지 않았다.

그렇지만 박건은 이내 고개를 흔들었다.

지금은 투수로서 실점 위기를 넘기는 데 집중해야 할 시점이었기 때문이었다.

"자, 받아."

박건이 마운드에 도착하자 한창기 감독이 공을 내밀었다.

그 공을 박건이 건네받았을 때, 한창기 감독이 말했다.

"오늘은 미안하단 말은 생략하마."

"왜입니까?"

"이미 예고했으니까. 그리고 지난번보다는 상황이 나으니까."

박건의 첫 등판 때는 무사만루 상황이었다.

그리고 지금은 무사 1, 2루.

루상의 주자가 한 명 적은 것은 사실이었다.

그렇지만 실점 위기인 것은 마찬가지였다.

'이게 더 나은 상황인 건가?'

박건이 쓰게 웃으며 속으로 생각했다.

'감독님도 많이 뻔뻔해지셨네. 이것도 명장의 조건 중 하나인가?'

미안한 기색 없이 희미하게 웃고 있는 한창기 감독을 발견한 박건이 입을 뗐다.

"좀 더 일찍 선택을 내려주셨으면 더 좋았을 텐데요."

"응?"

"무사 1루 상황에서 마운드에 올라올 수도 있었으니까요."

"듣고 보니 내 결정이 너무 늦긴 했군. 미안……."

한창기 감독이 사과하려는 순간, 박건이 입을 뗐다.

"사과를 원하고 드린 말씀이 아닙니다."

"그럼 왜?"

"속이 상했습니다."

"왜 속이 상했다는 거지?"

박건이 대답했다.

"더 빨리 마운드에 올라오고 싶었거든요."

                    *   *   *

무사 만루와 무사 1, 2루.

실점 위기인 것은 마찬가지였다.

그렇지만 여러 부분에서 달랐다.

연습 투구를 마친 박건이 우송 선더스 더그아웃 쪽을 힐끗 살폈다.

동점 내지 역전을 만들 수 있는 마지막 기회가 찾아왔기 때문일까.

우송 선더스 더그아웃은 분주했다.

'일단 동점을 만드는 게 급선무라고 판단할 거야.'

장정훈 감독의 입장에서 최상의 시나리오는 이번 득점 기회에서 역전을 만드는 것.

그렇지만 현실적인 시나리오는 일단 동점을 만드는 것이었다.

'희생번트를 지시할 거야.'

득점을 올릴 확률을 높이기 위해서 장정훈 감독은 희생번트를 지시할 확률이 높다고 박건이 판단했을 때였다.

"초구는 50%, 한가운데로 가자."

마치 암호처럼 느껴지는 이야기였지만, 이건 50%의 힘만 사용해서 한가운데 직구를 던지라는 뜻이었다.

"그럼 번트를 쉽게 댈 수 있지 않겠습니까?"

"그걸 바라는 거다."

"왜요?"

"실점 확률을 줄이기 위해서다."

'오히려 실점 확률이 높아지는 게 아닐까?'

박건이 의아한 표정을 지었지만, 이용운은 그 이유에 대해 설명해 주지 않았다.

"어서."

이용운의 재촉을 받은 박건이 마지못한 표정으로 투구 동작에 돌입했다.

슈아악.

한가운데 직구가 들어간 순간, 타석에 들어서 있던 장민섭이 번트를 댔다.

톡. 데구르르.

3루 측 라인 선상을 타고 굴러가는 번트 타구는 이상적이라고 해도 좋을 정도로 힘 조절과 코스가 완벽했다.

쉬익.

번트 타구를 잡아낸 박건이 바로 1루로 송구했다.

"아웃."

장민섭의 희생번트가 성공하며 1사 2, 3루로 상황이 바뀌었다.

타석에 6번 타자 심태평이 들어섰을 때, 이용운이 말했다.

"고의사구로 내보내자."

"고의사구요?"

박건이 내키지 않는 표정을 짓자, 이용운이 물었다.

"왜? 싫어?"

"삼진을 잡아낼 자신이 있습니다."

"물론 후배에게 그럴 능력이 있다는 건 알고 있다."

"그런데 왜……?"

"실점 확률을 좀 더 줄이기 위해서지."

"……?"

"쉽게 말해 변수를 줄이자는 것이다. 두 타자를 상대하는 것
보다는 한 타자를 상대하는 것이 변수가 발생할 확률이 줄어들
거든."

박건이 재차 고개를 갸웃했다.

심태평을 고의사구로 내보내면, 1사 만루로 상황이 바뀌었다.

여전히 1사인 상황이니, 경기를 끝내기 위해서는 두 개의 아
웃카운트가 필요했다.

즉, 두 타자를 상대해야 하는 것은 마찬가지였기에 그 부분을
지적하려고 했던 박건이 도중에 입을 다물었다.

'병살타.'

1사 만루로 상황이 변하면, 한 타자만 상대하면서 경기를 끝
낼 수 있는 방법이 있다는 사실을 눈치챘기 때문이었다.

"루상에 주자를 채운 후 병살타를 이끌어내자는 뜻입니까?"

"맞다."

"하지만……."

이용운의 의중을 파악했지만, 박건은 여전히 망설였다.

'너무… 위험하지 않을까?'

고의사구를 허용해서 1사 만루로 상황이 바뀌면, 병살을 이끌어낼 수 있는 확률이 높아지는 것은 사실이었다.

그렇지만 실점 확률이 더 높아지는 것도 마찬가지였다.

'만의 하나 제구가 안 돼서 볼넷을 허용한다면?'

경기는 동점이 될 것이었다. 그리고 추가 실점을 허용해서 한국시리즈 2차전을 내주는 최악의 그림이 나올 가능성도 충분했다.

해서 바로 대답하지 않고 망설이던 박건이 더그아웃 쪽으로 고개를 돌렸다.

그런 박건의 눈에 두 주먹을 맞댄 채 붙였다 떼었다가를 반복하는 한창기 감독의 모습이 들어왔다.

'승부 하란 뜻이야.'

한창기 감독이 보이고 있는 제스처의 의미를 간파한 박건이 결심을 굳혔다.

"승부 합니다."

"뭐?"

"심태평과 승부 하는 게 맞는 것 같습니다."

제3장

　심태평을 고의사구로 내보내 루상을 꽉 채우라는 이용운의 제안을 박건이 거부했다.

　다행히 이용운은 더 고집을 피우지 않았다.

　'최대한 신중하게.'

　승부를 하기로 결심한 박건이 크게 숨을 내쉬었다.

　올 시즌 마운드에 오른 것은 두 번.

　이미 한 차례 경험이 있었지만 그렇다고 해서 긴장이 되지 않는 것은 아니었다.

　오히려 두 번째 등판인 지금이 더 긴장됐다.

　그 이유는 경기의 중요성이 달라서였다.

　첫 등판 때는 정규시즌 경기였다.

　설령 실점을 허용해서 경기에서 패한다고 해도 수많은 정규시즌 경기 중 한 경기일 뿐이었다.

그렇지만 오늘은 달랐다.

단기전인 한국시리즈 중 한 경기였다.

경기의 무게감과 중압감이 다를 수밖에 없었다.

몸쪽 직구.

박건이 초구로 선택한 구종이었다. 그리고 몸쪽 직구를 선택한 이유는 타석에 바싹 붙어 있는 심태평을 확인했기 때문이었다.

깊숙한 외야플라이만 허용해도 실점하는 상황.

그래서 심태평은 박건이 철저하게 바깥쪽 승부를 할 것이라 예상하고 타석에 바싹 붙어 있는 것이었다.

박건이 몸쪽 직구를 선택한 이유는 그런 심태평의 의표를 찌르기 위한 선택이었다.

슈아악.

잠시 후, 박건의 손에서 공이 떠났다.

투구를 마친 박건이 당혹스러운 기색을 드러냈다.

제구가 뜻대로 되지 않아서 너무 깊다는 사실을 알아챘기 때문이었다.

퍼억.

박건의 손을 떠난 공은 타자 심태평의 무릎 부근을 강타했다.

150㎞대 초반의 직구에 무릎 부위를 맞은 타자 심태평은 바로 쓰러졌다

"아아악!"

고통스러운 비명을 내지르는 심태평을 향해 트레이너와 코치

들이 달려왔다.

"후우."

이를 악다문 채 고통을 참고 있는 심태평을 바라보던 박건이 한숨을 내쉬며 속으로 생각했다.

'그냥 고의사구로 내보내는 게 나을 뻔했네.'

*   *   *

그라운드에 쓰러졌던 심태평은 한참 만에 일어섰다.

그런 그가 트레이너들의 부축을 받으며 더그아웃 쪽으로 향하기 전, 마운드 쪽을 힐끗 바라보았다.

"죄송합니다."

심태평과 시선이 마주친 순간, 박건이 모자를 벗고 고개를 숙여 사과했다.

화가 다 풀리지 않은 걸까?

아니면, 부상에 대한 염려 때문일까?

심태평은 박건의 사과를 받아주지 않고 그냥 떠났다.

절뚝거리며 걸어가는 심태평의 뒷모습을 박건이 물끄러미 바라보고 있을 때였다.

"잘했다."

이용운이 불쑥 말했다.

그 이야기를 들은 박건이 미간을 찌푸렸다.

"심태평 선배를 맞춘 게 잘했다는 뜻입니까?"

야수로 전향한 후, 박건도 몇 차례 사구를 맞아본 적이 있었다. 그래서 사구를 맞는 것이 얼마나 고통이 심한지, 또 부상 위험이 얼마나 큰지 잘 알고 있었기에 부지불식간에 언짢은 기색을 드러낸 것이었다.

"그거 말고."

"그럼요?"

"모자 벗고 깍듯하게 사과한 것 말이다. 요샌 사과를 잘하는 것도 중요해."

'요새는 사과를 잘하는 게 중요하다고?'

이용운의 이야기를 듣고 난 후 박건이 의아함을 품었다.

"왜 요새는, 이라고 말씀하신 겁니까?"

"표정이 다 드러나거든."

"……?"

"요샌 중계 기술이 발전해서 마운드에 서 있는 투수나 타석에 들어서 있는 타자들의 표정이 클로즈업돼. 그런데 타자를 맞춘 투수가 미안한 기색이 없거나, 사과를 안 하면 바로 비난이 쏟아지지."

이용운의 말대로였다.

사구를 던진 투수가 타자에게 사과를 하지 않거나, 사과를 하더라도 성의 없이 한 경우 팬들은 맹렬하게 비난했다.

"당연한 겁니다."

"당연하다? 네 말대로 당연한 거지. 그런데 그 당연한 것을 안 하는 못된 처먹은 놈들도 수두룩하다는 게 문제지."

혼자 흥분하던 이용운이 다시 물었다.

"고의는 아니었지?"

"네? 네. 당연하죠."

"그럼 이걸 어떻게 설명해야 하지?"

"무슨 말씀입니까?"

"아무래도 청우 로열스에게 온 우주의 기운이 집중되는 것 같다."

이용운이 갑자기 우주의 기운 타령을 하기 시작했다.

그런 그에게 박건이 물었다.

"그건 또 무슨 소리입니까?"

"심태평 말이다. 심하게 절뚝거리는 걸 보니, 3차전 출전이 어려울 수도 있다. 아니, 한국시리즈 잔여 경기 출전이 물 건너갔을 수도 있어."

박건이 트레이너들의 부축을 받으며 더그아웃에 거의 도착한 심태평을 다시 바라보았다.

이용운의 말처럼 심태평은 다리를 심하게 절고 있었다.

그 모습을 바라보던 박건이 더욱 미안한 표정을 지었다.

한국시리즈 경기에 출전하는 것.

모든 프로야구선수들이 바라는 일이었다.

그렇지만 누구에게나 허락되는 것은 아니었다.

심태평의 입장에서는 특별한 기회를 어렵게 잡은 셈이니 이번 한국시리즈에 대한 기대가 무척 컸으리라.

그렇지만 기대가 크면 실망도 큰 법.

사구로 인해 향후 한국시리즈 출전이 불가해질 수도 있는 상황인 만큼, 심태평의 실망과 좌절은 무척 클 터였다.

그때였다.

"심태평만이 아니다. 필립 스미스도 번트 수비 도중에 발목이 접질리는 부상을 당했지. 우송 선더스 입장에서는 투타에서 중요한 역할을 하던 주전선수들을 오늘 경기에서 둘씩이나 잃어버린 셈이지."

이용운이 덧붙인 이야기를 들은 박건이 고개를 끄덕였다.

심태평은 우송 선더스의 주전 3루수.

필립 스미스는 우송 선더스의 2선발 역할을 맡아온 외국인 투수.

오늘 경기에서 두 선수를 부상으로 동시에 잃은 것은 우송 선더스 입장에서는 치명적이었다.

이것이 아까 이용운이 한국시리즈가 시작된 후 온 우주의 기운이 청우 로열스에게 집중되고 있다고 말했던 이유였다.

그리고 아직 끝이 아니었다.

한국시리즈 두 경기 동안 우송 선더스는 강점이라 할 수 있는 불펜투수들을 총동원했다.

그럼에도 불구하고 한국시리즈 1차전을 패했고, 2차전도 패색이 짙은 상황이니 최악의 상황이라 해도 과언이 아니었다.

그래서일까.

미간을 잔뜩 찌푸리고 있는 장정훈 감독을 바라보며 박건이 말했다.

"…안 피했습니다."

*　　　*　　　*

심태평을 상대로 던졌던 초구.

몸쪽 낮은 코스로 던지려고 했지만, 제구가 뜻대로 되지 않았던 것이 사실이었다.

그렇지만 심태평이 피할 수 없을 정도로 깊지는 않았다.

그래서 박건은 심태평이 몸쪽 깊은 코스로 직구가 날아드는 것을 확인한 순간, 뒤로 물러나며 피할 것이라 예상했다.

그러나 박건의 예상과 달리 심태평은 뒤로 물러나지 않았다.

이를 악물고 그대로 서 있었다. 그리고 박건은 그 이유를 짐작할 수 있었다.

'총력전을 펼쳤음에도 불구하고 한국시리즈 2차전까지 내준다면, 청우 로열스에 승기가 완전히 넘어간다.'

이렇게 판단했기 때문에 심태평은 투지를 발휘한 것이었다.

"미련하고 멍청한 짓이지."

그러나 이용운은 심태평이 발휘했던 투지를 멍청한 짓이라고 폄하했다.

"멍청한 짓을 한 탓에 한국시리즈 잔여 경기 출전이 불투명해졌으니까."

'과연 멍청한 짓이라고 폄하하는 게 맞는 걸까?'

잠시 의문을 품었던 박건이 이내 고개를 흔들어 상념을 떨쳐냈다.

아직 경기가 끝난 것이 아니었다.

심태평에게 사구를 허용한 탓에, 1사 2, 3루였던 상황은 1사 만루로 바뀌어 있었다.

실점을 허용하지 않고 한국시리즈 2차전을 청우 로열스의 승리로 마무리하는 것이 급선무였다.

심태평을 대신해서 대주자인 고대한이 1루 베이스에 들어서 있었다. 그리고 타석에는 7번 타자 조일장이 서 있었다.

'조일장은 타격감이 좋아.'

한국시리즈 1차전에서 8번 타자로 출전했던 조일장은 2차전에서는 7번 타자로 출전했다.

8번 타자에서 7번 타자로 타순이 당겨진 것이었다.

조일장의 타격감이 좋다는 것을 간파한 장정훈 감독이 의도적으로 조일장을 전진 배치 한 것이었다.

그래서 쉽지 않은 승부가 될 거라 생각하던 박건의 표정이 어두워졌다.

'제구가 안 돼.'

아까 심태평에게 사구를 허용한 것이 제구가 뜻대로 되지 않는다는 증거.

이런 상황에서 타격감이 좋은 조일장을 상대하는 것이 부담스러운 것이었다.

'뜻대로 제구가 될까?'

외야플라이만 허용해도 동점을 허용할 수 있기 때문에 더욱 제구가 중요했다.

그 사실을 잘 알기 때문에 박건이 우려하고 있을 때였다.

"쉽게 가라."

이용운이 말했다.

'쉽게 가라?'

박건이 그 말을 속으로 되뇔 때, 이용운이 다시 말했다.

"후배의 제구가 갑자기 안 되는 게 아니다."

"그럼……?"

이용운이 덧붙였다.

"원래 제구는 별로였다."

*　　　　　*　　　　　*

이용운의 말에 반박하지 못하고 박건이 입을 다물었다.

그의 말이 사실이었기 때문이었다.

예전 박건은 제구가 좋은 유형의 투수가 아니었다.

140㎞대 초중반의 힘 있는 직구와 다양한 구종으로 타자를
상대하는 유형의 투수였다.

부상을 당하고 난 후, 구속이 떨어졌던 박건이 재기에 끝내 실
패하고 야수로 전향했던 이유도 여기에 있었다.

"예전처럼 해."

이용운이 충고했다.

"예전처럼이라면……?"

"제구에 신경 쓰지 말고 힘으로 윽박지르라고."

"하지만…….'

박건이 말끝을 흐린 이유는 자신이 없어서였다.

그 반응을 확인한 이용운이 다시 말했다.

"뭐가 그리 걱정이야? 예전보다 낫잖아."

'내가… 예전보다 낫다?'

잠시 후, 박건이 그 말뜻을 이해했다.

부상 이전과 이후.

현재 박건의 구속은 오히려 더 빨라져 있었다.

그러니 제구에 너무 신경 쓰지 말고 힘으로 윽박지르면서 타자 조일장을 상대하란 뜻이었다.

'해보자.'

이용운이 충고한 시기는 무척 적절했다.

마침내 해법을 찾아낸 박건이 조일장을 상대로 초구를 던졌다.

슈아악.

팡.

박건의 손을 떠난 공이 포수의 미트에 틀어박혔다.

"스트라이크."

주심이 지체 없이 스트라이크를 선언한 순간, 타석에 서 있던 조일장의 표정이 일그러졌다.

주심의 스트라이크 선언에 불만을 품었기 때문이 아니었다.

박건의 손을 떠난 공은 스트라이크존 한가운데로 들어왔으니까.

그럼에도 불구하고 조일장이 표정을 일그러뜨렸던 이유는 한가운데 직구를 그냥 흘려보냈다는 자책 때문이었다.

"조일장이 기다릴 걸 알았어?"

이용운의 질문을 받은 박건이 힘껏 고개를 끄덕였다.

예고 없이 마운드에 올랐던 박건은 첫 상대인 심태평에게 사구를 허용했었다.

대기타석에서 그 모습을 지켜본 조일장은 박건의 제구가 흔들

린다고 판단했을 터.

1사 만루 상황인 만큼, 조일장이 초구에 배트를 내밀지 않고 지켜볼 것이란 박건의 예상이 적중한 셈이었다.

슈아악.

투구 간격을 좁히며 박건이 바로 2구를 던졌다.

딱.

초구 때와 달리 조일장은 기다리지 않았다.

이를 악물고 배트를 휘둘렀지만, 타구는 1루 측 관중석 쪽으로 날아갔다.

타구의 궤적을 쫓던 박건이 고개를 뒤로 돌렸다.

154㎞.

전광판에 찍힌 구속이었다.

'전력투구를 하면 150㎞대 중반까지 구속이 나온다.'

이것이 한가운데 직구를 던졌음에도 조일장이 때려낸 타구가 1루 측 관중석 쪽으로 향한 이유였다.

"배트 교체하겠습니다."

본인의 배트 스피드가 구속을 따라가지 못했다는 사실을 깨달은 조일장이 부러진 배트를 교체하기 위해서 더그아웃으로 걸어갔다.

그런 조일장의 곁으로 타격코치가 다가와서 잠시 대화를 나누는 모습이 보였다.

'무슨 얘기를 나누는 걸까?'

그 모습을 지켜보던 박건이 두 눈을 빛내며 입을 뗐다.

"이번 공에 승부가 나겠네요."

"그걸 후배가 어떻게 알아?"

"직감이랄까요?"

"직감?"

영 못 미더운 목소리로 되묻는 이용운에게 박건이 덧붙였다.

"투수만이 알 수 있는 직감이 있습니다."

*　　　　*　　　　*

"당연히 유인구를 던질 테지?"

박건의 직감이 못 미더운 걸까.

이용운이 재빨리 질문한 순간, 박건이 고개를 흔들었다.

"정면 승부 합니다."

"유인구를 던지지 않고 정면 승부를 하겠다고?"

"네."

"너무 위험하다."

이용운은 위험하다고 소리쳤지만, 박건은 이미 결심을 굳힌 후였다.

"지금이 승부 할 적기입니다."

그 말을 끝으로 박건이 투구 모션에 돌입했다.

슈악.

박건의 손을 떠난 공이 홈플레이트로 향했다.

초구, 그리고 2구와 마찬가지로 코너워크에 신경 쓰지 않은 공은 한가운데 코스로 날아들었다.

박건의 예상대로 조일장은 망설이지 않고 배트를 휘둘렀다.

딱.

그러나 정타는 나오지 않았다.

툭. 툭.

바운드를 여러 차례 일으킨 땅볼타구는 유격수 방면으로 굴러갔다.

배준영은 타구를 기다리지 않고 앞으로 전진하며 침착하게 포구해서 2루로 송구했다.

쉬이익.

1루 주자 고대한이 송구를 방해하기 위해서 필사적으로 슬라이딩을 감행했지만, 너무 늦었다.

2루수의 송구는 1루수 앤서니 쉴즈가 앞으로 쭉 내밀고 있던 미트에 정확하게 도착했다.

"아웃."

1루심이 아웃을 선언하면서 치열했던 한국시리즈 2차전 승부가 끝이 났다.

                    *   *   *

시리즈 전적 2—0.

한국시리즈 1차전에 이어서 2차전에서도 청우 로열스는 승리를 거두었다.

〈한국시리즈 우승을 위한 9부 능선을 넘은 청우 로열스.〉

아까 본 기사의 제목을 떠올린 박건이 빙그레 웃었다.

기사 내용에서는 7전 4선승제로 치러지는 한국시리즈 1, 2차전을 모두 승리한 팀의 우승 가능성을 확률을 바탕으로 분석했다.

박건이 기사를 통해서 확인했던 우승 확률은 89%.

청우 로열스가 한국시리즈 우승을 위한 9부 능선을 넘었다는 표현이 결코 과장이 아니었다.

그렇지만 박건은 기사 중에 등장했던 89%의 우승 확률이 너무 낮다고 판단했다.

그 이유는 청우 로열스와 우송 선더스가 맞붙는 이번 한국시리즈의 특수성 때문이었다.

필립 스미스와 심태평.

우송 선더스는 한국시리즈 2차전을 치르는 과정에서 투타의 핵심이라 할 수 있는 두 명의 선수를 부상으로 잃었다.

게다가 불펜투수들의 소모도 극심한 편이었다.

"95%쯤 되지 않을까?"

박건이 계산을 마치고 작게 혼잣말을 꺼냈을 때, 이용운이 재촉했다.

"빨리 말해봐."

이용운의 목소리에는 다급함이 묻어났다.

그러나 박건은 느긋하게 대꾸했다.

"알 것 없다니까요."

"계속 이럴래?"

"선배님이야말로 계속 이러실 겁니까? 내일 3차전 경기를 앞두고 컨디션 조절하려면 일찍 자야 하는데 선배님 때문에 잠을 잘 수가 없지 않습니까? 잠 못 자서 내일 경기 망치면 선배님이 책임지실 겁니까?"

"진짜 경기 망치게 해줄까? 한숨도 못 자는 수가 있다. 그러지 말고 빨리 알려주고 자면 되잖아."

박건이 한숨을 내쉬며 결국 침대에서 몸을 일으켰다.

"선배님도 참……."

"나도 참 뭐냐?"

"집요한 귀신이시네요."

고개를 절레절레 흔든 박건이 희미하게 웃으며 말했다.

"투수로서의 직감이라고 말씀드렸잖습니까? 그런 직감이 든 것은 조일장이 배트를 교체하기 위해서 더그아웃으로 돌아갔다가 타격코치와 이야기를 나누는 모습을 봤기 때문입니다."

"무슨 이야기를 나눴는지 들렸어?"

"선배님."

"응?"

"저는 청력에 이상이 있습니다."

박건은 소머즈와는 거리가 멀었다.

오히려 일반인보다도 청력이 더 나빴다.

그런데 더그아웃에서 조일장과 타격코치가 도란도란 나눴던 대화 소리가 마운드에 서 있던 박건에게 들렸을 리 만무했다.

"그럼 혹시 입 모양을 읽어서 대화 내용을 알아냈던 것이냐?"

"또 실수하고 계시네요."

"무슨 실수?"

"저를 과대평가하고 계시니까요."

박건에게 그런 재주는 없었다. 그래서 딱 잘라 말하자, 이용운이 다시 물었다.

"그럼 대체 어떻게……?"

"싱킹 베이스볼."

"……?"

"선배님이 일전에 요즘 대세는 싱킹 베이스볼이라고 말씀하셨지 않습니까? 그래서 생각을 했습니다."

"놀랍군."

"뭐가 놀랍다는 겁니까?"

"후배가 생각을 했다는 게 놀랍다."

"앞으로 자주 놀라시겠네요."

여유 있게 말을 받은 박건이 다시 말했다.

"둘이서 무슨 작당 모의를 하는 걸까? 거기에 대해 생각하다 보니, 문득 제가 투수로 나선 게 이번이 두 번째라는 게 떠오르더군요. 쉽게 말해 투수 박건에 대한 데이터나 표본이 극히 적다는 거죠."

"그래서?"

"수 싸움의 기본은 데이터를 활용하는 것이지 않습니까? 조일장과 타격코치도 지금 나와 수 싸움을 하고 있을 거란 생각이 들었습니다. 그런데 투수 박건에 대해 쌓인 데이터가 많지 않으니, 극소수의 데이터를 바탕으로 수 싸움을 할 거란 생각도 들었고요. 해서 지난 등판에서 제가 했던 피칭을 떠올려 봤습니다. 그랬더니 답이 나오더군요."

"무슨 답이 나왔단 뜻이냐?"

"유인구는 던지지 않는다. 박건은 분명히 정면 승부를 할 것이다. 타격코치는 조일장에게 이런 조언을 했을 겁니다."

정규시즌, 박건은 대승 원더스를 상대로 마운드에 올랐다.

당시 박건은 세 타자를 상대했다.

첫 타자인 서지훈과 마지막 타자인 김민국은 삼구삼진으로 돌려세웠고, 두 번째 타자인 강명호는 투수 앞 땅볼로 아웃카운트를 잡아냈었다.

당시 박건이 던진 공은 총 7구.

7구 중 5구의 구종은 직구였다. 그리고 7구는 모두 스트라이크였고, 단 하나의 볼도 던지지 않았다.

우송 선더스 타격코치는 이런 데이터에 대해 조사했기 때문에 조일장에게 박건이 노 볼 2스트라이크의 볼카운트에서 유인구를 던지지 않고 정면 승부를 펼칠 거라고 조언했으리라.

"그럼 더욱 유인구를 던졌어야 하는 게 아니냐?"

그때 이용운이 이해가 안 간다는 표정으로 말했다.

유인구는 던지지 않을 거란 타격코치의 조언을 들은 조일장은 타격 의지를 갖고 타석에 들어선 상황.

그러니 더욱 유인구를 던졌어야 옳았던 것이 아니냐고 이용운은 지적한 것이었다.

"선배님, 봉황의 깊은 뜻을 한낱 참새가 어찌 알겠습니까?"

그런 이용운에게 박건이 쏘아붙였다.

"내가… 참새란 뜻이냐?"

"선배님은 참새가 아니라 귀신이시죠. 어디까지나 은유법입니다."

"끄응."

되로 주고 말로 돌려받은 셈이기 때문일까.

이용운이 탄식성을 흘리는 것을 들은 박건이 웃으며 덧붙였다.

"내가 정면 승부를 할 것이다. 그리고 구종은 한가운데 직구일 것이다. 조일장은 분명히 이렇게 생각하고 타석에 서 있을 거란 확신이 봉황에게는 있었습니다. 왜 내가 직구를 던질 거라고 조일장이 확신했느냐? 이것까지 설명해 드려야 합니까?"

"그건……."

"설마 모르세요?"

"…경청하마."

이용운이 화를 꾹꾹 눌러 참으며 대답했다.

'전세 역전.'

그 대답을 들은 순간, 박건이 머릿속으로 떠올린 단어였다.

그래서 박건이 씨익 웃으며 입을 뗐다.

"인생 참 모르겠네요."

"왜 모르겠다는 것이냐?"

박건이 대답했다.

"이런 날이 찾아올 줄 몰랐거든요."

*　　　　*　　　　*

"대승 원더스를 상대로 한 첫 번째 등판, 2사 만루 상황에서 대타자인 김민국을 상대할 때 저는 삼구삼진을 잡아냈습니다. 당시에 제가 던졌던 공 세 개, 모두 직구였습니다. 그리고 마지막 공의 구속은 156㎞였습니다. 제구가 안 돼서 한가운데로 들어간 직구였는데도 김민국은 제 공에 손도 대지 못하고 헛스윙 삼진을 당하고 물러났었죠. 그때 어마어마하지 않았습니까?"

'아주 신이 났네.'

한껏 들뜬 목소리로 이야기를 이어나가는 박건을 향해 어마어마할 정도는 아니었다고 쏘아붙이고 싶었다.

그렇지만 이용운은 꾹 참고 말했다.

"아주 어마어마했지."

"포털사이트의 실시간 검색어 순위에 제 이름이 올라갔을 정도로 강렬한 인상을 남겼죠. 우송 선더스 타격코치 역시 제가 김민국을 상대할 때의 패턴을 기억하고 있었을 겁니다. 워낙 임팩트가 컸으니까요. 박건은 정면 승부 한다. 분명히 3구째로 150㎞대 중반의 직구를 던질 거다. 배트를 짧게 쥐고 스윙을 간결하게 가져가서 타이밍을 맞춰라. 타격코치는 조일장에게 이런 조언을 했을 거라고 짐작했기 때문에 슬라이더를 던졌습니다."

"타이밍을 빼앗기 위해서 슬라이더를 던졌다?"

"직구 타이밍에 슬라이더가 들어오면 배트에 공을 맞추기 급급할 것이다. 그럼 내야땅볼을 유도해서 더블아웃을 만들 수 있다고 판단했습니다."

박건의 대답이 돌아온 순간, 이용운이 다시 물었다.

"유인구를 던져서 조일장에게 헛스윙 삼진을 유도한 편이 오히려 더 안전하지 않았을까?"

"그것도 나쁘지 않았을 겁니다. 그렇지만 제가 조일장이 원하던 대로 정면 승부를 펼친 데는 한 가지 이유가 더 있습니다."

"무엇이냐?"

"비밀 병기."

"……?"

"아직 한국시리즈는 끝나지 않았습니다. 비밀 병기는 감출수록 더 위력이 배가되는 것이라고 선배님이 말씀하시지 않았습니까? 그래서 조일장을 삼진으로 돌려세우고 한 타자를 더 상대하는 것보다 조일장과 정면 승부를 펼쳐서 경기를 끝내는 편이 더 유리하다고 판단했던 겁니다."

이용운이 천천히 고개를 끄덕였다.

박건의 이야기를 듣고 난 후, 납득이 갔기 때문이었다.

'최상의 선택.'

박건의 판단이 옳았다.

단순히 결과만 좋았던 게 아니었다.

과정도 좋았다.

한국시리즈 2차전에 등판했던 박건이 던진 공의 개수는 고작 넷.

상대 팀인 우송 선더스가 제대로 된 분석을 하기에는 박건의 투구수가 너무 적었다.

즉, 박건은 박빙의 승부처에서 등판해 청우 로열스의 승리를 지켜냈을 뿐만 아니라, 여전히 비밀 병기로 남을 수 있게 된 셈이었다.

거기까지 생각이 미친 순간, 이용운이 박건을 새삼스레 바라보았다.

'원래 이렇게 영리했었나?'

잠시 후, 이용운이 찾아낸 답은 '아니오'였다.

박건은 부상 여파로 인해 투수에서 야수로 전향했었다. 그렇지만 부상을 당하기 이전 투수 박건도 두각을 드러내지는 못했다.

그런데 한국시리즈 2차전에 등판했던 투수 박건은 달랐다.

스스로 판단해서 영리하게 볼배합을 하면서 경기를 지배했다.

'왜 이렇게 변했지?'

그 이유에 대해 고민하던 이용운은 얼마 지나지 않아 답을 찾아냈다.

'타자로서 타석에 선 경험이 쌓여서야.'

타자로서 박건은 투수들과 수 싸움을 꾸준히 했다.

물론 박건은 이용운과 영혼의 파트너가 되기 전에도 타자로 여러 경기에 출전했었지만, 당시에 박건이 했던 수 싸움은 말 그대로 주먹구구식이었다.

그러나 자신과 영혼의 파트너가 된 후에는 달랐다.

투수와 수 싸움을 하는 방법을 곁에서 지켜보면서 제대로 배웠다.

'꼭 스펀지 같군.'

마치 스펀지가 물을 흡수하는 것처럼 박건은 빠르게 많은 것을 배우고 자신의 것으로 만들어가고 있었다.

'이 정도면 메이저리그에서 뛸 자격이 있지 않을까?'

그래서 이용운이 막 생각했을 때였다.

"이제 진짜 잡니다."

"그래. 푹 자라."

"선배님도 좋은 밤 보내십시오."

드릉. 드릉.

박건이 인사를 건네자마자, 바로 코를 골기 시작했다.

"부럽네."

이내 곯아떨어진 박건을 보며 이용운이 실소를 머금었다.

한국시리즈 3차전을 앞두고 있음에도 불구하고, 박건은 전혀 긴장하거나 들뜨지 않았다.

베개에 머리를 갖다 대자마자 곯아떨어진 것이 그 증거였다.

예민과는 거리가 먼 무던한 성격은 프로선수에게 유리했다.

그리고 곤히 잠든 박건이 부러운 이유가 하나 더 있었다.

"오늘은 또 뭘 하면서 긴 밤을 보내나?"

모두 잠든 시간에 혼자 깨어 있다는 것.

막연히 생각했던 것보다 훨씬 힘든 일이었다.

"지금 신세 타령을 하고 있을 때가 아니지. 최고의 선수로 만들어주겠다는 약속을 지키려면 계속 공부하며 노력해야지."

이용운이 각오를 다지며 리모컨을 노려보았다.

*　　　　*　　　　*

한국시리즈 3차전은 우송 선더스의 홈구장에서 열렸다.

일찌감치 경기장에 도착한 송이현이 스마트폰을 노려보고 있는 제임스 윤의 옆 좌석에 앉으며 물었다.

"뭘 보고 있어요?"

"기사를 보고 있습니다."

"어떤 기사요?"

"직접 보시죠."

제임스 윤이 스마트폰을 건넸다.

〈청우 로열스가 걷고 있는 통합 우승 꽃길에 과연 변수가 있을
까?〉

스마트폰에 떠올라 있는 기사의 제목이었다.

한국시리즈 1차전과 2차전을 먼저 승리한 팀의 우승 확률이
90%에 육박한다는 데이터와 우송 선더스에 발발한 부상 악재
를 근거로 기자는 특별한 변수 없이 청우 로열스가 통합 우승을
차지할 거라고 주장했다.

"제임스 생각은 어때요?"

스마트폰을 돌려주며 송이현이 질문했다.

"제 생각도 비슷합니다."

"특별한 변수 없이 청우 로열스가 통합 우승을 차지할 것이
다?"

"네."

"그런데 표정이 왜 그래요?"

제임스 윤의 표정이 밝지 않은 것을 간파한 송이현이 다시 물
었다.

"제 표정이 어떻습니까?"

"불안한 기색이 역력해요."

"그게… 아닙니다."

제임스 윤이 슬그머니 대답을 피했다.

"왜 말을 하다가 말아요?"

"괜한 입방정을 떨기 싫어서입니다."

"입방정이요?"

"사실은… 좀, 아니, 많이 불안합니다."

잠시 망설이던 제임스 윤이 결국 대답했다.

"왜 불안하다는 거죠? 아까 제임스도 특별한 변수가 없다고 대답했잖아요."

"청우 로열스가 통합 우승을 차지하기 위해 압도적으로 유리한 고지를 선점한 것은 사실입니다."

"……?"

"그럼에도 불구하고 제가 불안한 이유는… 너무 쉽다는 생각이 들어서입니다."

"너무 쉽다?"

"제가 지금까지 경험했던 야구는 결코 쉽지 않았거든요."

제임스 윤의 이야기를 듣고 나니, 송이현도 슬슬 불안해지기 시작했다.

'괜한 걱정일 거야.'

송이현이 그 불안감을 밀어내기 위해 애쓰고 있을 때, 제임스 윤이 덧붙였다.

"그냥 한 귀로 듣고 한 귀로 흘리십시오. 일개 야알못의 의견일 뿐이니까요."

"나도 그러고 싶지만… 마음에 걸리는 게 있네요."

"뭐가 마음에 걸리십니까?"

"제임스 윤이 야알못이 아니라는 점이요."

비록 네티즌들에게서 야알못이라는 맹비난을 받기도 했지만, 제임스 윤은 결코 야알못이 아니었다.

또, 네티즌들에게 무시를 당해도 좋을 커리어의 소유자도 아니었다.

"선발 라인업이 발표됐네요."

그때, 제임스 윤이 화제를 돌렸다.

"한번 확인해 볼까요. 어!"

양 팀 감독이 발표한 선발 라인업을 살피던 제임스 윤이 놀란 표정을 지었다.

"왜 그래요?"

"제 예상과 많이 달라서요."

"어떤 부분이 다르죠."

"심태평 선수가 우송 선더스 선발 라인업에 포함됐습니다."

제임스 윤의 대답을 들은 송이현도 살짝 당황했다.

"저도 한번 보죠."

제4장

〈우송 선더스 선발 라인업〉

1. 강영학.

2. 유호.

3. 조우종.

4. 빅터 스마일.

5. 장민섭.

6. 조일장.

7. 김한진.

8. 정태훈.

9. 심태평.

Pitcher. 조수형.

"정말 심태평 선수가 선발 라인업에 포함됐네요."

송이현이 놀란 이유는 심태평이 한국시리즈 2차전 경기 도중 박건이 던진 사구를 맞고 부상을 당했기 때문이었다.

트레이너들의 부축을 받고 경기장을 떠나던 심태평의 상태는 무척 심각해 보였다.

그래서 한국시리즈 3차전 경기에 심태평이 결장할 거라고 송이현은 예상했다.

송이현만이 아니었다.

해설위원을 비롯해 야구 전문가들도 심태평이 한국시리즈 3차전에 출전하지 못할 거라 예상했었다.

그런데 심태평은 모두의 예상을 비웃듯이 한국시리즈 3차전 선발 라인업에 포함되어 있었다.

"심태평 선수가 괜찮은가 보네요."

"몸 상태가 괜찮으니까 장정훈 감독이 선발 라인업에 심태평 선수를 포함시켰을 겁니다."

"이게… 다행인지 불행인지 모르겠네요."

장정훈 감독이 발표한 우송 선더스 선발 라인업에서 시선을 떼지 못한 채 송이현이 입을 뗐다.

야구를 좋아하고, 또 야구와 관련된 일을 하는 사람 입장에서 심태평 선수가 한국시리즈 3차전에 선발 출전 할 정도로 몸 상태가 괜찮은 것은 다행이었다.

그렇지만 우송 선더스와 한국시리즈를 치르고 있는 청우 로열스 단장 입장에서는 마냥 기뻐할 수만은 없었다.

심태평 선수가 모두의 예상과 달리 한국시리즈 3차전에 선발 출전 하면서 우송 선더스의 전력 누수가 최소화됐기 때문이었다.

그때, 제임스 윤이 심각한 표정으로 말했다.

"확실한 건 심태평이란 변수가 등장했다는 겁니다."

            *   *   *

한국시리즈 3차전.

청우 로열스의 1회 초 공격이 시작됐다.

박건이 대기타석에 선 채 고동수와 우송 선더스 선발투수 조수형이 승부 하는 모습을 지켜보았다.

슈악.

부웅.

"스트라이크."

조수형이 던진 2구째 커브에 고동수가 헛스윙을 하며 볼카운트는 노 볼 2스트라이크로 바뀌었다.

이어진 3구째.

슈아악.

조수형이 칠 테면 치라는 듯 꽂아 넣은 몸쪽 직구에 고동수는 반응하지 못하고 움찔했다.

"스트라이크아웃."

주심이 스트라이크존을 통과했다고 판정한 순간, 고동수가 억울한 표정을 지었다.

"깊었어요."

고동수가 항의했지만, 주심은 단호했다.

"존을 통과했어."

아무리 항의한다 한들 주심의 스트라이크 판정은 바뀌지 않는다.

그 사실을 알고 있는 고동수가 애써 불만을 누른 채 더그아웃으로 돌아갔다.

1사 주자 없는 상황에서 타석에는 박건이 들어섰다.

슈아악.

조수형은 투구 템포를 빠르게 가져갔다.

몸쪽으로 날아드는 직구를 확인한 박건이 배트를 휘두르는 대신 슬쩍 뒤로 물러났다.

너무 깊었다고 판단했기 때문이었다.

"스트라이크."

그렇지만 주심의 판단은 달랐다.

조수형이 던진 몸쪽 직구가 스트라이크존을 통과했다고 판단했다.

"깊지 않았습니까?"

주심이 스트라이크를 선언한 순간, 박건이 입을 뗐다.

주심에게 항의한 것이 아니었다.

이용운에게 물었던 것이었다.

"아까 고동수가 괜히 항의를 하며 억울해했던 게 아니었구나."

이용운도 조수형이 던진 몸쪽 직구가 깊었다고 대답했다.

그렇지만 박건과 이용운의 대화는 이어지지 못했다.

슈아악.

조수형이 바로 2구째 공을 던졌기 때문이었다.

역시 몸쪽 직구.

박건이 배트를 휘두르다가 도중에 멈추었다.

이번에도 깊다고 판단했기 때문이었다.

틱.

그러나 배트를 멈춰 세우는 것이 너무 늦었다.

배트의 손목 부근에 맞은 타구가 1루 측 라인 선상을 타고 굴러갔다.

'나가겠지?'

박건이 타구가 라인 선상을 벗어날 거라 예상하고 지켜볼 때였다.

재빨리 달려온 투수 조수형이 1루 측 라인을 막 벗어나려던 타구를 빠르게 낚아챘다.

'어?'

박건이 당황했을 때, 조수형이 1루로 송구했다.

"아웃."

제대로 된 승부도 해보지 못한 채 타석에서 물러난 박건이 자책하며 더그아웃으로 돌아갈 때였다.

"오늘 경기, 투수전이 될 수도 있다."

이용운이 불쑥 말했다.

                    *   *   *

0—0.

경기는 0의 균형을 이룬 채 3회 말로 접어들었다.

수비위치에 선 박건의 눈에 3회 말의 선두타자인 정태훈이 힘껏 배트를 돌리는 모습이 들어왔다.

따악.

경쾌한 타격음이 흘러나오고 총알 같은 타구가 3루 측으로 향했다.

양훈정이 라인 선상을 타고 흐르는 타구를 향해 몸을 던지며 글러브를 쭉 내밀었지만, 조금 미치지 못했다.

"파울."

재빨리 타구를 향해 달려갔던 박건은 파울을 선언하는 3루심을 확인하고 안도의 한숨을 내쉬었다.

다시 수비위치로 돌아가던 박건이 이용운에게 물었다.

"그런데 아까 오늘 경기가 투수전이 될 수도 있다고 말씀하셨 잖습니까? 왜 그렇게 판단하셨습니까?"

"조수형 공이 괜찮거든."

이용운의 대답을 들은 박건이 고개를 끄덕였다.

직접 상대해 보았기에 조수형이 던지는 공이 힘이 있다는 것을 느꼈다.

실제로 조수형은 3회까지 청우 로열스 타선을 상대하면서 한 명의 주자도 루상에 내보내지 않았다.

조수형이 우송 선더스의 4선발이었기에 비교적 쉽게 공략할수 있을 거란 예상이 빗나간 셈이었다.

"공도 괜찮지만 궁합이 잘 맞다."

"누구와 궁합이 잘 맞다는 뜻입니까?"

"주심과 궁합이 맞아. 오늘 주심이 몸쪽 공을 잘 잡아주거든."

이용운의 말대로였다.

오늘 경기 주심은 평소였다면 볼로 판정했을 몸쪽 깊은 코스의 공을 스트라이크로 잡아주고 있었다.

그로 인해 청우 로열스 타자들은 혼란을 겪고 있는 반면, 조수형은 주심의 성향을 간파하고 적극적으로 이용하고 있었다.

그렇지만 이건 주심을 탓할 계제가 아니었다.

오늘 경기 주심인 임성태가 조수형이 던지는 몸쪽 코스의 공만 스트라이크로 잡아주는 것이 아니었기 때문이었다.

주심은 청우 로열스의 선발투수인 권수현이 던지는 몸쪽 깊은 코스의 공도 스트라이크를 잡아주고 있었다.

그때, 권수현이 다시 정태훈과 승부 했다.

슈악.

권수현이 선택한 3구째 공은 몸쪽 커브였다.

그렇지만 너무 깊었다.

픽.

타석에 바싹 붙어 있던 정태훈은 피하기 위해서 뒤로 물러나는 대신, 몸을 틀면서 사구를 맞았다.

허벅지 부근에 사구를 맞은 정태훈이 바로 배트를 바닥에 내던지며 권수현을 향해 뛰어갈 자세를 취했다.

포수인 김천수와 주심이 재빨리 막아서면서 정태훈은 권수현을 향해 뛰어가는 것에 실패했다.

그렇지만 벤치클리어링이 발발하는 것까지는 막을 수 없었다.

우우.

우우우.

한국시리즈 2차전에서 박건이 심태평에게 사구를 던져 부상을 입혔기 때문일까.

우송 선더스 홈구장을 가득 메운 팬들이 일제히 야유를 쏟아냈다.

잔뜩 흥분한 우송 선더스 선수들이 우르르 그라운드로 뛰어나오면서 경기가 잠시 중단됐다.

"야구 이따위로 더럽게 할 거야?"

"이렇게 치사하게 야구해서 이기고 싶냐?"

"제구가 안 되면 기어 나오질 말던가."

권수현을 향해 우송 선더스 선수들이 비아냥을 담은 비난을 쏟아냈다.

"일부러 맞췄어?"

"딱 보면 몰라? 고의로 맞춘 게 아니잖아."

청우 로열스 선수들도 지지 않고 응수하며 날 선 설전이 오갔다.

박건 역시 벤치클리어링에 합류했다.

"다들 그만하고 돌아가. 계속하면 퇴장시킬 거야."

주심 임성태의 만류와 협박까지 이어지면서 벤치클리어링은 끝이 났다.

양 팀 선수들이 더그아웃으로 돌아가는 모습을 지켜보던 박건은 뒤늦게 이용운이 너무 조용하다는 걸 깨달았다.

"역시 불구경과 싸움 구경이 제일 재밌어."

일전에 이용운이 했던 말이었다.

당시의 그는 벤치클리어링이 발발했을 때, 무척 신이 난 기색이었는데.

오늘은 달랐다.

'왜 이렇게 조용해?'

해서 박건이 의문을 품고 있을 때, 이용운이 말했다.

"시시하구나."

"뭐가 시시하단 겁니까?"

"설전 좀 하다가 벤치클리어링이 끝나지 않았느냐? 역시 메이저리그로 가야겠다."

이용운이 뜬금없이 메이저리그 진출 의사를 밝혔다.

"serial killer, 그러니까 연쇄살인범이 처음부터 살인을 한 것은 아니다, 강도 짓이나 폭행부터 시작하지. 그랬던 놈들이 살인을 저지르고, 연쇄살인범으로 발전하는 이유가 뭔지 아느냐?"

"선배님."

"몰라?"

"지금 경기 중입니다."

"벤치클리어링 때문에 경기가 중단됐잖아."

박건의 말을 무시하고 이용운이 설명을 더했다.

"그 이유는 자극이다. 더 강한 자극을 추구하기 때문에 살인을 저지르고, 연쇄살인범으로 발전하기도 하지. 그게 인간의 본성이야."

"진짜 하고 싶은 말씀이 뭡니까?"

"아까도 말했듯이 너무 시시해. 메이저리그에서는 벤치클리어링이 발발했을 때 단순히 설전으로 끝나는 경우가 드물어. 진짜 주먹질이 오가거든. 그걸 지근거리에서 지켜보면 얼마나 재미있겠냐?"

이용운이 메이저리그 진출 의사를 드러낸 이유를 밝혔다.

박건이 황당하단 표정을 짓고 있을 때, 이용운이 덧붙였다.

"어쨌든 고의성이 짙다."

그 이야기를 들은 박건이 표정이 상기된 권수현을 바라보았다.

"그 말씀은 권수현 선배가 고의로 정태훈에게 사구를 던졌단 말입니까?"

"아니."

"그럼요?"

이용운이 대답했다.

"우송 선더스 선수들이 벤치클리어링을 일으킨 게 고의란 뜻이다."

*　　　　　*　　　　　*

3회 말 무사 1루 상황에서 타석에는 9번 타자 심태평이 들어섰다.

와아.

와아아.

심태평이 부상을 딛고 선발 라인업에 복귀한 것이 반갑고 고맙기 때문일까.

우송 선더스 홈 팬들은 심태평이 타석에 들어서자 열렬한 환호를 보냈다.

"왜 9번 타자일까?"

그때, 이용운이 불쑥 말했다.

정규시즌 심태평은 주로 6번 타순에 포진했었다. 그리고 준플레이오프와 플레이오프에서도 꾸준히 6번 타자로 출전했었다.

그러나 오늘 경기에서 심태평은 9번 타순에 포진했다.

박건 역시 그 이야기를 듣고 의문을 품었을 때였다.

슈악.

따악.

경쾌한 타격음이 흘러나왔다.

배트 중심에 걸린 타구는 2, 3루 간을 꿰뚫을 것처럼 보였다.

그렇지만 유격수 배준영의 호수비가 나왔다.

2, 3루 간을 꿰뚫고 지나갈 것처럼 보이던 타구를 역동작으로 잡아낸 배준영이 2루로 송구했다.

"아웃."

배준영의 송구가 2루수에게 정확히 배달되면서 아웃이 선언됐다. 그리고 2루수는 지체하지 않고 1루로 송구했다.

"아웃."

타자주자인 심태평이 1루 베이스에 도착하는 것보다 2루수의 송구가 1루수 앤서니 쉴즈에게 도착하는 것이 더 빨랐다.

배준영의 기막힌 호수비 덕분에 더블아웃으로 연결되는 모습을 보면서 박건이 감탄했을 때였다.

"장정훈 감독은 왜 심태평을 오늘 경기에 출전시켰을까?"

이용운이 의아한 목소리를 꺼냈다.

"그야 몸 상태가 괜찮기 때문이 아닐까요?"

박건이 입을 뗀 순간, 이용운이 다시 말했다.

"안 괜찮아."

"네?"

"아까 심태평이 뛰는 것 못 봤어?"

"못 봤는데요."

박건이 솔직하게 대답했다.

배준영의 호수비에 온통 시선을 빼앗겼던 터라, 타자주자 심태평이 1루를 향해 달리는 모습은 보지 못했기 때문이었다.

"정상이 아냐."

"왜 정상이 아니라는 겁니까?"

"심태평은 발이 느린 편이 아니야. 만약 몸 상태가 정상이었다면 더블아웃을 당하지 않았을 거야."

이용운의 지적이 옳았다.

심태평은 발이 느린 편이 아니었다.

조금 전 유격수 배준영의 호수비가 나왔을 때, 심태평의 타구는 무척 깊은 편이었다.

'2루에서 포스아웃을 시키는 것은 가능하지만, 1루에서 타자주자를 아웃시키기는 힘들 것이다.'

그래서 박건 역시 이렇게 예상했는데, 결과는 달랐다.

타자주자인 심태평까지 잡아내면서 더블아웃이 만들어진 것이었다.

"주루플레이를 제대로 못 해."

이용운이 심태평의 상태에 대해 단언하며 덧붙였다.

"그런데 장정훈 감독은 왜 내보냈을까?"

'확실히… 달라.'

그 이야기를 듣고 있던 박건이 퍼뜩 떠올린 생각이었다.

                        *   *   *

박건이 보지 못하는 것을 이용운은 볼 수 있다.

이것이 파트너가 생기며 확실히 달라진 점 중 하나였다.

아까도 말했듯이 심태평이 타격했을 때, 박건은 유격수 배준영의 엄청난 호수비에 시선을 빼앗겼었다.

그렇지만 이용운은 다른 것을 보았다.

바로 모두의 예상을 깨고 한국시리즈 3차전에 선발 출전 한 심태평의 주루플레이를 살폈던 것이었다.

또, 심태평의 주루플레이를 통해서 그가 경기에 출전하긴 했지만 몸 상태가 정상이 아니라는 사실을 간파했다.

그게 다가 아니었다.

'만약 나 혼자였다면?'

심태평은 주루플레이가 힘들 정도로 몸 상태가 좋지 않음에도 불구하고 한국시리즈 3차전에 출전했다.

이건 청우 로열스에게 오히려 이득이다.

박건의 생각은 여기서 더 이어지지 않았을 것이었다.

그렇지만 이용운은 다른 면을 보기 위해서 노력했다.

"장정훈 감독은 능력이 있어. 특히 쉽게 흥분하거나 분위기에

휩쓸리지 않고 냉정함을 유지하는 법을 알지. 그런 그가 한국시리즈 2차전 사구의 여파로 심태평의 몸 상태가 정상이 아니라는 사실을 과연 몰랐을까? 장정훈 감독은 꼼꼼한 성격이니만큼 그럴 가능성은 극히 낮아. 그런데도 장정훈 감독은 심태평을 한국시리즈 3차전에 출전시켰어. 대체 왜 그런 선택을 내렸을까?"

득(得)보다 실(失)이 많은 선택.

이용운은 장정훈 감독이 악수(惡手)를 선택했다고 판단하고 있었다.

'그 이유가 대체 뭘까?'

박건 역시 그 이유에 대해 의문을 품었지만, 답을 찾아낼 수는 없었다.

"장정훈 감독도 무슨 생각이 있지 않았을까요?"

"무슨 생각?"

"예를 들면… 심태평 선수가 한국시리즈 3차전에 출전하겠다고 막무가내로 고집을 피웠을 수도 있죠."

"그랬을 리가 없어."

"그럼 선배님이 생각하시는 이유는 뭔데요?"

"나도… 모르겠다."

이용운이 대답한 순간, 박건이 놀란 표정을 지었다.

그의 입에서 모른다는 대답이 흘러나온 게 무척 오랜만이었기 때문이었다.

"대체 이유가 뭘까?"

이용운이 고심하는 사이 경기는 재개됐다.

슈악.

부웅.

"스트라이크아웃."

심태평의 병살타가 상승세를 타던 분위기에 찬물을 끼얹어서일까.

2사 주자 없는 상황에서 타석에 들어섰던 강영학이 헛스윙 삼진으로 물러나며 우송 선더스의 3회 말 공격이 끝이 났다.

*   *   *

여전히 0의 균형이 이어지는 가운데 경기는 5회 말로 접어들었다.

5회 말의 첫 타자인 7번 타자 김한진은 권수현과 8구까지 이어지는 끈질긴 승부를 펼쳤다.

슈악.

풀카운트에서 권수현이 선택한 공은 바깥쪽 슬라이더.

"볼."

그러나 공 한 개 정도 빠지면서 김한진은 볼넷을 얻어내는 데 성공했다.

무사 1루에서 타석에 들어선 정태훈은 권수현의 초구를 공략했다.

따악.

바깥쪽 직구를 결대로 밀어 친 타구는 1, 2루 간을 꿰뚫었다.

무사 1, 2루의 찬스에서 9번 타자 심태평이 타석에 들어섰다.

"왜… 대타 카드를 꺼내지 않는 거지?"

심태평이 타석으로 걸어오는 모습을 지켜보던 이용운이 의문을 품었다.

3회 말, 무사 1루 상황에서 첫 타석에 들어섰던 심태평은 병살타를 기록하며 우송 선더스의 상승세에 찬물을 끼얹었다.

당시 심태평이 정상적인 주루플레이가 불가능할 정도로 몸 상태가 정상이 아님을 이용운은 간파했다. 그리고 자신이 간파한 것을 장정훈 감독이 놓쳤을 리 없었다.

그럼에도 불구하고 장정훈 감독은 심태평을 교체하지 않고, 5회 말에 찾아온 무사 1, 2루의 득점 찬스에서 타석에 기용했다.

'왜 악수(惡手)를 계속 고집하는 거지?'

이용운이 판단하기에 심태평을 계속 기용하는 것은 득(得)보다 실(失)이 많았다.

그래서 장정훈 감독의 의중을 파악하기 어려웠다.

'어쩌면 멘붕에 빠진 게 아닐까?'

잠시 후, 이용운이 어렵사리 찾아낸 답이었다.

한국시리즈 1차전과 2차전을 모두 패하는 과정은 우송 선더스 입장에서는 악몽이나 다름없을 정도로 최악이었다.

총력전을 펼치고도 한국시리즈 1차전과 2차전을 모두 패하면서 장정훈 감독이 속된 말로 멘붕에 빠지며 특유의 냉철함을 잃어버렸을 가능성은 충분히 존재했다.

'요행을 바라는 걸 수도 있어.'

심태평을 계속 고집하는 것이 어쩌면 요행을 노리는 걸 수도 있다는 판단을 이용운이 막 내렸을 때였다.

슈악.

따악.

심태평이 매섭게 배트를 돌렸다.

1루수인 앤더슨 쉴즈가 점프캐치를 시도했지만, 높이 들어 올린 글러브는 타구에 미치기에 역부족이었다.

앤더슨 쉴즈의 키를 살짝 넘긴 타구는 라인 선상 안쪽에 떨어졌다.

우익수 임건우가 재빨리 타구를 쫓아가는 장면을 지켜보는 대신 이용운은 타자주자인 심태평의 주루플레이를 살폈다.

'역시 느려.'

심태평의 주루플레이는 정상이 아니었다. 그래서 심태평이 1루에서 멈출 거란 이용운의 예상은 빗나갔다.

타다닷.

심태평은 1루에서 멈추지 않고 2루를 향해 내달렸다.

타구를 잡아낸 임건우가 심태평이 2루로 내달리는 것을 확인하고 힘껏 송구했다.

'높아.'

송구가 너무 높은 것을 확인한 이용운이 눈살을 찌푸렸을 때, 2루 베이스 근처에 도착한 심태평이 슬라이딩을 시도했다.

쉬이익.

탓.

슬라이딩을 시도한 심태평의 손끝이 베이스에 닿은 것과 그의 등에 태그가 이뤄진 것은 거의 동시였다.

"세이프."

그렇지만 2루심은 세이프를 선언했다.

그 순간, 심태평이 고통을 호소하며 타임을 요청했다.

심태평의 상태가 심상치 않음을 알아챈 2루심이 재빨리 우송 선더스 더그아웃 측에 손짓했다.

트레이너들과 코치들이 서둘러 그라운드로 뛰어들었다.

잠시 후, 심태평의 상태를 살핀 트레이너가 양팔을 교차하며 X자를 그렸다.

'역시 무리였군.'

1루에서 멈추지 않고 2루까지 내달린 것이 역시 무리였다고 판단하던 이용운이 의아한 표정을 지었다.

"왜… 우냐?"

박건이 눈물을 흘리고 있다는 사실을 뒤늦게 알아챘기 때문이었다.

"저 때문인 것 같아서 미안해서요."

잠시 후, 박건이 대답했다.

"후배 때문이 아니니까…….."

"그리고 슬퍼서요."

"……?"

"심태평 선수가 우는 걸 보니 저도 슬프네요."

'심태평이 운다고?'

이용운이 트레이너가 아닌 심태평을 살폈다. 그리고 박건의 말대로였다.

심태평은 뜨거운 눈물을 쏟아내고 있었다.

어렵게 한국시리즈에 진출했다. 최고의 무대인 한국시리즈에서 활약하면서 우승을 차지하고 싶다. 그렇지만 난 부상 때문에 더 이상 뛸 수 없다. 그게 너무 속상하다. 그리고 내가 도움이 되지 못한다는 것이 팀원들과 팬들에게 너무 미안하다.

지금 심태평이 오열하고 있는 이유였다.

잠시 후, 심태평이 들것에 실려서 그라운드를 빠져나왔다.

짝짝.

짝짝짝.

마지막 순간까지 부상 투혼을 발휘한 심태평에게 우송 선더스 홈 팬들이 기립 박수를 보내기 시작했다.

심태평이 누운 들것이 그라운드를 빠져나간 순간, 장정훈 감독이 더그아웃을 박차고 나왔다.

그런 그가 오열하는 심태평의 눈물을 닦아주며 잠시 대화를 나누었다.

정확한 대화 내용까지는 들리지 않았다.

이용운은 그런 장정훈 감독을 물끄러미 응시했다.

"흥분하지… 않았다."

심태평의 눈물을 닦아주며 대화를 나누는 장정훈 감독은 여전히 무서우리만치 침착함을 유지하고 있었다.

그 모습을 확인한 순간, 이용운이 표정을 굳혔다.

'어쩌면… 이걸 노렸던 게 아닐까?'

           *   *   *

0—1.

심태평의 적시 2루타가 나오면서 우송 선더스가 선취점을 올렸다.

그리고 무사 2, 3루의 찬스는 이어지고 있었다.

잠시 중단됐던 경기가 재개됐고, 타석에는 1번 타자 강영학이 들어섰다.

슈악.

딱.

그는 권수현의 초구를 공략했다.

배트 하단에 맞은 타구는 3루 방면으로 느릿하게 굴러갔다.

재빨리 대시한 양훈정이 타구를 포구하자마자 1루로 송구했다.

쉬이익.

전력 질주 한 타자주자 강영학이 부상 위험에 아랑곳하지 않고 헤드퍼스트슬라이딩을 감행했다.

"세이프."

1루심이 세이프를 선언했을 때, 앤서니 쉴즈가 불만을 드러내며 항의했다.

승부처라고 판단한 한창기 감독은 비디오판독을 요청했다.

"세이프!"

"우승하자 우송 선더스!"

"심태평! 심태평!"

비디오판독이 진행되는 사이, 우송 선더스의 홈구장은 뜨겁게 달아올랐다.

"세이프."

그리고 잠시 후, 비디오판독 결과 원심이 유지되자 우송 선더스 홈구장은 마치 용광로처럼 뜨겁게 달아올랐다.

0—2.

추가점이 나왔고, 무사 1, 3루의 찬스가 이어졌다. 그리고 타석에는 2번 타자 유호가 등장했다.

슈악.

권수현이 초구를 던진 순간, 1루 주자인 강영학이 과감하게 스타트를 끊었다.

타다닷.

3루 주자를 의식한 김천수는 2루로 송구하지 못했다.

강영학의 도루 성공으로 무사 2, 3루로 상황이 바뀌며 1루가 비게 되자, 권수현은 유호를 상대로 유인구 위주의 피칭을 가져갔다.

그러나 유호의 배트는 유인구에 딸려 나오지 않았다.

"볼넷."

와아.

와아아.

결국 유호가 볼넷을 얻어내서 출루하며 무사만루로 상황이 바뀌자, 우송 선더스 홈구장의 환호성은 더욱 커졌다.

"불안한데."

"불안하구나."

박건이 불안함을 느꼈을 때, 이용운도 거의 동시에 불안하단 말을 내뱉었다.

그 불안감은 이내 현실로 이어졌다.

슈아악.

따악.

무사만루 상황에서 타석에 들어선 조우종이 힘껏 배트를 휘둘렀다.

높이 솟구친 타구는 좌중간으로 향했다.

좌익수로 출전한 박건이 타구를 쫓아갈 때, 이용운이 말했다.

"포기해라."

"왜……?"

"넘어갔으니까."

이용운이 덧붙인 이야기를 들은 박건이 걸음을 멈추고 타구의 궤적을 눈으로 쫓았다.

높이 솟구친 타구가 관중석 중단에 떨어지는 것을 확인한 박건의 표정이 딱딱하게 굳어졌다.

와아.

와아아.

우송 선더스 홈구장을 가득 메운 팬들의 열기가 극으로 치달았다.

*   *   *

0—9.

이미 승패의 추가 기울어진 상황에서 청우 로열스의 9회 초 마지막 공격이 펼쳐졌다.

패배를 직감했기 때문일까.

청우 로열스 더그아웃 분위기는 어두웠다.

박건 역시 침묵한 채 그라운드 쪽으로 시선을 던지고 있을 때, 이용운이 무척 길었던 침묵을 깼다.

"내가… 실수했다."

갑자기 자책하는 이용운을 확인한 박건이 물었다.

"어떤 실수를 하셨단 겁니까?"

"내가 장정훈 감독을 과소평가했다."

"……?"

"이미 몇 차례나 강조했었지만, 심태평은 한국시리즈 3차전에 선발 출전 할 수 있을 정도로 몸 상태가 좋지 않았다. 그래서 난 장정훈 감독이 심태평을 선발 라인업에 포함시켰던 것이 멍청한 결정이라고 판단했다. 어쩌면 장정훈 감독이 한국시리즈를 포기 한 게 아닐까 하는 생각까지 했었다. 그런데 그게 아니었다. 장 정훈 감독이 심태평을 선발 출전시킨 데는 분명한 이유가 있었 다."

"어떤 이유가 있었습니까?"

"승부수를 띄운 것이었다."

"승부수?"

박건이 승부수란 말을 되뇔 때, 이용운이 덧붙였다.

"야구는 분위기의 경기라는 것을 장정훈 감독은 알고 있었다. 한국시리즈 1차전과 2차전에 패배하면서 우송 선더스의 분위기 는 최악이나 다름없었다. 그리고 장정훈 감독은 이 최악의 분위 기와 흐름을 바꾸지 못하면 절대 한국시리즈 우승을 차지할 수 없다는 판단을 내렸을 것이다. 그래서 그가 준비한 패가 바로 심 태평의 선발 출전이었다."

"……?"

"심태평의 몸 상태가 정상적인 주루플레이가 불가능할 정도로 좋지 않다는 것을 장정훈 감독은 아마 알고 있었을 것이다. 그게 심태평을 중심타선이 아니라 9번 타자로 출전시킨 이유였지. 어쨌든 장정훈 감독이 심태평의 등을 떠밀어서 오늘 경기에 선발 출전시킨 것은 아닐 것이다. 내 판단이 틀리지 않다면 심태평이 장정훈 감독을 먼저 찾아가서 경기에 출전할 수 있다는 의사를 드러냈을 것이다. 심태평은 한국시리즈 우승 반지를 손에 끼는 것이 선수 인생의 목표라고 인터뷰에서 여러 차례 밝혔을 정도로 우승에 대한 열망이 강한 편이었으니까."

"그래도……."

"그래도 뭐냐?"

"그래도 말렸어야 옳았던 것 아닙니까?"

박건이 살짝 언성을 높였다.

이용운의 말대로라면 장정훈 감독은 심태평의 몸 상태가 정상이 아니라는 것을 간파하고 있었다.

그럼에도 불구하고 그는 심태평이 오늘 경기 출전 의사를 밝히자 끝까지 말리지 않고 수용했다.

그 선택의 결과는 심태평 선수의 부상이었다.

부상 정도가 더 심해진 탓에 고통스러워하며 오열하던 심태평 선수의 모습은 박건의 기억 속에 생생했다.

상대 팀 선수인 박건도 눈물이 났을 정도로 심태평이 오열하던 모습은 가슴 아픈 광경이었다.

'만약 장정훈 감독이 심태평의 몸 상태가 정상적이지 않다는

사실을 알고 오늘 경기 출전을 막았다면?'

심태평이 더 큰 부상을 입는 것을 막을 수 있었을 터.

이것이 박건이 화가 난 이유였다.

그리고 이용운도 같은 의견이었다.

"장정훈 감독은 오늘 경기에 선발 출전 하면 심태평이 더 큰 부상을 입을 수도 있다는 사실을 알고 있었을 것이다. 그럼에도 그는 심태평을 오늘 경기에 선발 출전시켰지. 그리고 심태평을 선발 출전시킨 그의 노림수는 팀을 하나로 만드는 것이었다."

"어떻게⋯⋯?"

"심태평이 울었다."

"그건 저도 압니다."

심태평은 들것에 실려서 그라운드를 떠나기 전, 서럽게 오열했다.

박건은 물론이고 모든 선수들과 관중들이 심태평이 오열하는 모습을 지켜봤다.

해서 박건이 알고 있다고 대답하자, 이용운이 정정했다.

"내가 말한 건 오늘이 아니다."

"그럼?"

"한국시리즈 2차전 도중에 사구를 맞고 트레이너들의 부축을 받으면서 더그아웃으로 돌아가던 심태평이 울었다는 뜻이다."

'그랬… 었나?'

박건은 심태평의 상태를 걱정하기 바빴다.

그래서 그가 사구를 맞고 더그아웃으로 돌아가던 도중 울었다는 사실까지는 알아채지 못했다.

"이렇게 나의 한국시리즈가 끝나겠구나. 아마 심태평은 이런 생각이 들어서 눈물을 흘렸을 것이다. 장정훈 감독도 심태평이 흘리는 눈물을 목격했을 것이고, 그가 흘리는 눈물에 안타까워 하는 선수들과 코칭스태프들을 확인한 순간 퍼뜩 심태평이 흘리는 눈물의 효과를 극대화할 수 있는 방법을 떠올렸을 것이다."

"그 방법이… 심태평 선수의 몸 상태가 정상이 아니라는 것을 알면서도 오늘 경기에 선발 출전시키는 것이었습니까?"

"맞다."

이용운이 수긍한 순간, 박건이 재차 언성을 높였다.

"이건 너무 비정하지 않습니까?"

박건 역시 부상을 당해본 경험이 있었다.

수술을 하고 재활을 거치는 과정이 얼마나 지난한지, 또 경기에 뛰지 못하는 것이 얼마나 힘든 일인지를 잘 알고 있었다.

그래서 장정훈 감독의 선택이 너무 비정하다고 느껴진 것이었다.

그렇지만 이용운의 생각은 달랐다.

"무서우리만치 냉철한 것도 명장이 갖춰야 할 덕목 중 하나이지. 그리고 만약 심태평이 원한 것이었다면, 장정훈 감독을 비난할 수 있을까?"

"그건……"

박건이 대답하던 도중 입을 다물었다.

현재 심태평은 경기장에 없었다.

그렇지만 그는 어디선가 경기를 지켜보고 있을 것이었다.

그리고 자신의 부상 이후 무서운 상승세를 탄 우송 선더스가 한국시리즈 첫 승을 목전에 두고 있는 상황을 지켜보면서 환하게 웃고 있는 심태평의 모습이 눈앞에 그려졌다.

그때였다.

슈아악.

부웅.

조수형이 손을 떠난 공에 이필교가 헛스윙을 했다.

"스트라이크아웃. 경기 종료."

주심이 경기 종료를 선언한 순간, 우송 선더스 홈구장에 거센 함성이 터져 나왔다.

한국시리즈 3차전 선발투수로 출전해서 누구도 예상치 못한 깜짝 완봉승을 거둔 조수형이 불끈 쥔 주먹을 허공에 들어 올렸다.

잠시 후, 그가 모자를 벗어 허공에 들며 팬들의 환호에 답했다.

No. 14.

조수형이 지금 허공에 들어 올리고 있는 모자는 경기가 시작했을 때와 달랐다.

14라는 번호가 모자에 적혀 있었다.

'14번은 심태평의 등번호.'

박건이 조수형이 들어 올리고 있는 모자에 적혀 있는 14라는 숫자가 심태평의 등번호라는 사실을 금세 알아챘다.

심태평 선배는 부상으로 인해 더 이상 경기를 뛸 수 없다.

그렇지만 당신의 헌신을 잊지 않겠다.

또, 당신은 여전히 우리와 함께 경기장에서 뛰고 있다.

조수형의 모자에 적혀 있는 14라는 숫자에 담긴 의미였다.

그때, 이용운이 심각한 목소리로 말했다.

"이번 시리즈의 분위기가 요동치기 시작했다."

제5장

시리즈 전적 2─1.

청우 로열스가 앞서는 가운데 한국시리즈 4차전이 열렸다.

강운규 VS 서광현.

양 팀 감독이 4차전 선발로 예고한 투수들이었다.

한창기 감독은 올 시즌 팀의 4선발과 5선발을 오갔던 강운규를 4차전 선발투수로 내세운 반면, 장정훈 감독은 팀의 토종 에이스이자 1차전에 등판했던 서광현을 선발투수로 내세웠다.

"관건은 서광현이 얼마나 회복했느냐 여부가 되겠네요."

우송 선더스가 서광현을 선발투수로 내세운 라인업을 확인한 후, 박건이 떠올린 생각이었다.

한국시리즈 1차전이 연장으로 접어든 후, 장정훈 감독은 서광현을 출격시켰다.

전문가들과 팬들이 한국시리즈 3차전 선발투수로 예상했던 서광현의 깜짝 등판은 결과적으로 실패로 돌아갔다.

박건에게 그라운드홈런을 허용하며 우송 선더스는 한국시리즈 1차전에서 패했기 때문이었다.

물론 모두의 예상을 깨고 한국시리즈 1차전에 출전했던 서광현의 투구수가 많았던 것은 아니었다.

그렇지만 루틴이 깨진 것은 부인할 수 없는 사실.

서광현이 어느 정도 구위를 회복해서 피칭을 하느냐 여부가 무척 중요하다고 박건이 판단했을 때였다.

"더 중요한 게 있다."

이용운이 말했다.

"더 중요한 게 대체 뭡니까?"

"청우 로열스가 빼앗겼던 분위기를 다시 가져올 수 있느냐 여부다. 그래서 오늘 경기는 초반 흐름이 중요하다. 만약 서광현을 일찍 무너뜨릴 수 있다면 청우 로열스는 뺏겼던 흐름을 다시 찾아오면서 손쉽게 승리를 거둘 수 있을 것이다. 그렇지만 반대의 경우라면 우송 선더스가 어제 완승을 거두었던, 좋았던 분위기를 이어나가게 될 것이다."

'옳은 이야기.'

박건이 반박하지 못하고 그라운드 쪽으로 시선을 던졌다.

"어."

잠시 후, 박건이 예상치 못한 얼굴을 발견하고 두 눈을 크게 떴다.

"심태평 선수가 여기 왜 있습니까?"

박건이 질문하자, 이용운이 대답했다.

"한국시리즈가 끝날 때까지 심태평이 우송 선더스 선수단과 동행하기로 결정했다는 뉴스를 봤다."

"왜요?"

"비록 직접 경기를 뛰지는 못하지만, 한 경기장에서 응원이라도 하면서 팀원들에게 힘을 실어주고 싶다고 하더군."

예상치 못했던 심태평의 등장.

'이게 변수가 될 수도 있지 않을까?'

박건이 이렇게 판단했을 때, 이용운이 덧붙였다.

"진짜 변수는… 따로 있다."

*   *   *

한국시리즈 4차전.

1회 초 청우 로열스의 공격이 시작됐다.

'선취점이 중요해.'

청우 로열스는 한국시리즈 3차전에서 0-9로 완패를 당했다.

분위기를 바꾸기 위해서는 이용운의 말처럼 경기 초반이 중요했다. 그리고 경기 초반의 분위기를 가져오는 데는 선취점을 올리는 것이 필요했다.

"플레이볼."

주심이 경기 시작을 선언한 순간, 서광현이 힘차게 와인드업을 한 후 청우 로열스의 리드오프 고동수를 상대로 초구를 던졌다.

슈아악.

한가운데로 꽂아 넣은 직구를 고동수는 그대로 지켜보았다.

"스트라이크."

주심이 스트라이크를 선언한 순간, 박건이 전광판에 찍힌 구속을 확인했다.

153㎞.

"구속이… 거의 그대로다."

한국시리즈 1차전이 연장에 접어든 후 마운드에 올랐던 서광현이 던진 직구의 구속은 150㎞대 중반이었다.

그런데 오늘 마운드에 올라서 던진 초구 직구의 구속은 153㎞.

'회복이 다 됐어.'

해서 박건이 이렇게 판단을 내렸을 때였다.

슈아악.

서광현이 고동수를 상대로 2구째 공을 던졌다.

구종은 역시 직구.

타석에 선 고동수는 초구와 달리 그냥 흘려보내지 않고 힘껏 배트를 돌렸다.

딱.

그러나 타이밍이 밀리면서 높이 솟구친 타구는 멀리 뻗지 못했다.

중견수가 원래 수비위치에서 거의 움직이지 않고 기다렸다가 플라이 타구를 포구하는 데 성공했다.

1사 주자 없는 상황에서 박건이 타석으로 들어섰다.

"초구는… 바깥쪽 직구가 들어올 확률이 높다."

이용운이 구종 예측을 했다.

'노리자.'

박건이 타석에서 잔뜩 웅크리고 있을 때, 서광현이 힘껏 와인드업을 한 후 초구를 던졌다.

'직구, 그런데 바깥쪽이 아니라 한가운데?'

한가운데 코스로 들어오는 직구를 확인한 박건이 힘껏 배트를 휘둘렀다.

따악.

실투를 놓치지 않은 박건이 천천히 1루를 향해 달려가며 타구의 궤적을 눈으로 좇았다.

'선취점을 올렸다.'

배트 중심에 걸린 데다가 타이밍도 거의 완벽했다. 그래서 홈런이 될 것을 확신한 박건이 타석에 선 채 타구의 궤적을 눈으로 좇다가 천천히 배트를 내던졌다. 그리고 불끈 쥔 주먹을 들어 올리고 천천히 1루로 달려가던 박건이 도중에 멈췄다.

중견수가 펜스에 등을 기댄 채 기다렸다가 비교적 여유 있게 타구를 잡아내는 모습을 확인했기 때문이었다.

"왜… 더 안 뻗었지?"

홈런이 될 것이라 확신했던 타구였는데, 중견수플라이로 그치고 말았다.

그 이유에 대해서 박건이 고민하고 있을 때였다.

"축하한다."

이용운이 불쑥 축하한다고 말했다.

'왜 축하한다는 거지?'

홈런이 될 거라 확신했던 타구가 중견수플라이가 된 마당이었다.

그로 인해 경기 초반 분위기를 가져올 수 있는 선취점도 날아
간 상황.

그런데 이용운이 왜 축하한다고 말하는 것인지 이해가 가지
않는 것이었다.

"분명히 월드 스타가 될 것이다."

이용운이 확신에 찬 목소리로 덧붙인 이야기를 들은 박건이
참지 못하고 물었다.

"그게 대체 무슨……?"

"주먹부터 내리는 게 어때?"

"주먹… 요?"

이용운의 지적을 듣고 박건의 얼굴이 벌겋게 달아올랐다.

홈런이 될 거라 확신하고 허공에 높이 들어 올렸던 오른 주먹을
아직까지 내리지 않았다는 사실을 뒤늦게 깨달았기 때문이었다.

스윽.

박건이 허공에 들어 올리고 있던 오른 주먹을 슬그머니 내렸
을 때였다.

"타석에서 타구를 감상하던 모습도 꽤 인상적이었다."

이용운이 덧붙인 이야기를 들은 박건이 결국 한숨을 내쉬었다.

'쥐구멍이라도 있으면 숨고 싶다.'

타격을 한 후 바로 1루로 내달리지 않고 타석에 선 채 타구를
감상한 것, 그리고 1루를 향해 천천히 달려가며 오른 주먹을 허
공에 들어 올렸던 것.

아까 자신이 때린 타구가 홈런이 될 것을 확신하고 한 행동들

이었다.

그런데 그 타구는 홈런이 아니라 중견수플라이가 됐다.

결국 박건이 한 행동들은 설레발이 된 셈이었다.

그러니 어찌 부끄럽지 않을까.

"이 정도 설레발이면 해외 매체에 소개되기에 충분하다. 그래서 아까 월드 스타가 될 것 같다고 말했던 것이고."

이용운은 기회를 놓치지 않고 박건을 놀렸다.

"왜 넘어가지 않았을까요?"

궁지에 몰린 박건이 서둘러 화제를 돌렸다.

그 질문을 받은 이용운이 대답했다.

"후배를 월드 스타로 만들어주기 위해서가 아니었을까?"

*   *   *

"예비 월드스타가 된 기분이 어때?"

이용운의 놀림은 박건이 도망치듯 서둘러 더그아웃으로 돌아온 후에도 멈추지 않았다.

"이제 그만 좀 놀리시죠. 저도 설레발을 쳤던 것을 반성하고 있으니까요."

박건이 정색한 채 대답하자, 이용운이 입을 뗐다.

"반성할 필요까지는 없다. 비록 잠시 조롱의 대상이 되기는 하겠지만, 후배에게 나쁜 것만은 아니니까."

"……?"

"오히려 후배에게 도움이 될 수도 있다."

"그 설레발이 저한테 도움이 된다고요?"

"그래."

'이건 또 무슨 궤변이야.'

박건이 이해할 수 없다는 표정을 지었다.

만약 이용운의 예상대로 박건의 설레발이 해외 매체에까지 소개된다면, 전 세계인의 조롱을 받을 가능성이 농후했다.

그런데 대체 왜 도움이 된다는 것인지 이해가 안 가는 것이었다.

그때, 이용운이 덧붙였다.

"스윙이 꽤 좋았거든."

"······?"

"조금 전 후배가 중견수플라이로 물러났을 때, 서광현이 던진 직구의 구속은 156㎞였다. 그리고 후배의 스윙은 156㎞의 직구에도 전혀 타이밍이 밀리지 않았어. 후배의 영상이 해외 매체에 소개되면서 화제가 된다면, 후배의 근사했던 스윙도 세상에 알려질 거야. 그 근사한 스윙을 보고 후배에게 관심을 갖는 메이저리그 스카우터들이 더 늘 수도 있지."

'홍보 효과가 있다는 뜻이군.'

적잖은 메이저리그 스카우터들이 박건에게 관심을 갖고 경기장에 찾아오고 있었다. 그렇지만 박건에 대해 알지 못하는 메이저리그 스카우터들이 더 많은 것이 부인할 수 없는 사실이었다.

그런데 이번 영상이 화제가 되면 홍보 효과를 발휘하면서 더 많은 메이저리그 스카우터들이 자신에게 관심을 가질 수도 있다는 게 이용운의 주장이었다.

'그 말대로 된다면 나쁠 건 없지.'

박건의 생각이 거기까지 미쳤을 때였다.

"아까도 말했듯이 스윙은 근사할 정도로 좋았다. 그럼에도 불구하고 홈런이 되지 못하고 중견수에게 잡힌 데는 두 가지 이유가 있다."

"그 이유가 뭡니까?"

"우선 여기가 우송 선더스의 홈구장이기 때문이지. 후배도 알다시피 우송 선더스 홈구장은 국내 구장들 가운데 두 번째로 크거든. 그래서 청우 로열스 홈구장에서였다면 홈런이 됐을 타구가 펜스 앞에서 잡혔던 거지."

'청우 로열스 홈구장이었다면 넘어갔을 텐데.'

그래서 박건이 아쉬운 표정을 짓고 있을 때였다.

"아쉬워할 필요 없다. 서광현이 영리했던 것이니까."

"네?"

"서광현은 우송 선더스의 홈구장이 크다는 것을 잘 알고 있고 그것을 적극적으로 이용하고 있다. 어지간히 잘 맞은 타구도 홈런이 아닌 외야플라이가 된다는 것을 알기 때문에 과감하게 직구 위주의 승부를 펼치고 있지. 그리고 그 계산은 현재까지 들어맞고 있고."

슈악.

따악.

경쾌한 타격음을 듣고 박건이 그라운드로 고개를 돌렸다.

2사 주자 없는 상황에서 타석에 들어선 3번 타자 양훈정도 서광현의 몸쪽 직구를 공략했다.

높이 솟구친 타구는 멀리 뻗지 못했다.

우익수가 원래 수비위치에서 몇 걸음 뒤로 물러난 후, 여유 있게 잡아냈다.

예상보다 타구의 비거리가 짧다고 생각해서일까.

고개를 갸웃거리는 양훈정을 바라보며 박건이 다시 물었다.

"나머지 하나의 이유는 뭡니까?"

"서광현의 구위가 좋다. 공에 힘이 있어서 타구의 비거리가 타자들의 예상보다 짧은 것이지."

비로소 납득한 표정을 지었던 박건의 표정이 이내 딱딱하게 굳어졌다.

한국시리즈 1차전에 깜짝 등판했던 여파로 인해 서광현의 컨디션이 정상이 아닐 가능성이 높다고 판단했다.

그렇지만 그 판단은 빗나갔다.

서광현이 던지는 직구는 150㎞ 중반의 구속을 유지하고 있었고, 공에 힘도 있었다.

분위기를 잡기 위해서는 경기 초반에 선취점을 올리는 것이 필수.

그런데 그게 어려울 수도 있다는 생각이 든 것이었다.

그때, 박건의 속내를 읽은 듯 이용운이 대수롭지 않게 말했다.

"서광현은 지금 실수하고 있다."

"어떤 실수를 했다는 겁니까?"

"오버 페이스를 하고 있거든."

'오버 페이스?'

박건이 1회 초 수비를 가볍게 삼자범퇴로 처리하고 나서 더그아웃으로 돌아가는 서광현의 뒷모습을 바라보며 물었다.

"전력투구하는 게 실수라는 겁니까?"

"맞다. 준플레이오프와 플레이오프, 그리고 한국시리즈 1, 2차전을 치르는 과정에서 우송 선더스 불펜진은 혹사라고 불러도 좋을 정도로 자주 등판했고 공을 많이 던졌다. 선발투수가 최대한 긴 이닝을 책임지는 게 필요한 상황이지. 그런데 서광현은 경기 초반부터 전력투구하면서 오버 페이스를 하고 있기 때문에 경기 중후반이 되면 분명히 문제가 발생할 것이다."

*　　　　*　　　　*

1회 말 우송 선더스의 공격.

우송 선더스의 타순은 한국시리즈 3차전과 비교해 큰 변화가 있었다.

심태평이 빠진 자리에 임병모가 들어오면서 장정훈 감독이 타순에도 변화를 주었기 때문이었다.

'테이블세터진이 바뀌었다.'

가장 큰 변화는 강영학과 유호로 구성했던 테이블세터진에 변화를 준 것이었다.

유호를 대신해 임병모가 2번 타순에 포진했다. 그리고 기존에 2번 타자였던 유호는 6번 타순에 배치됐다.

'왜 임병모를 2번 타순에 배치했을까?'

박건이 의문을 품은 사이, 강운규가 1번 타자 강영학을 상대하기 시작했다.

슈악.

강운규가 초구를 던진 순간, 강영학이 번트 자세를 취했다.

틱. 데구르르.

3루 쪽으로 기습번트를 시도한 강영학이 빠른 발을 뽐내며 1루로 내달리기 시작했다.

정상 수비위치에 서 있던 양훈정이 처리하기는 힘든 번트 타구.

투수인 강운규가 재빨리 타구를 낚아채서 빙글 몸을 돌리며 송구했지만 늦었다.

"세이프."

무사 1루로 바뀌며, 타석에는 2번 타자 임병모가 등장했다.

선취점이 중요하다고 판단한 걸까.

장정훈 감독의 지시를 받은 임병모는 번트 자세를 취하고 있었다.

3루수와 1루수가 전진수비를 펼칠 때, 강운규의 손에서 공이 떠났다.

슈악.

그 순간 번트 자세를 취하고 있던 임병모가 갑자기 타격자세로 전환했다.

따악.

배트 중심에 맞은 타구는 번트 수비를 위해 넓어진 1, 2루 간을 빠르게 꿰뚫으며 외야로 빠져나갔다.

그사이, 1루 주자인 강영학은 여유 있게 3루에 도착했다.

'버스터에 당했어.'

박건이 허를 찔렸다는 표정을 짓고 있을 때, 이용운이 말했다.

"임병모를 2번 타순에 전진 배치 한 이유는 작전 수행 능력이 뛰어나기 때문이군."

박건 역시 2번 타자로 출전하고 있었다.

그렇지만 박건과 임병모는 스타일이 달랐다.

박건은 최근 트렌드인 강한 2번 타자 유형인 반면, 임병모는 작전 수행 능력이 뛰어난 전형적인 2번 타자 유형이었다.

무사 1, 3루로 바뀐 상황에서 타석에는 3번 타자 조우종이 들어섰다.

경기 초반부터 위기를 맞은 강운규는 신중하게 조우종을 상대했다.

슈악.

강운규는 초구로 바깥쪽 낮은 코스로 휘어져 나가는 슬라이더를 구사했다.

스트라이크존을 크게 벗어나는 공이었지만, 조우종은 헛스윙했다.

타다닷.

그때, 1루 주자인 임병모가 2루 도루를 시도했다.

포구를 마친 김천수가 3루 주자인 강영학을 살핀 후, 2루로 송구했다.

타다닷.

2루 쪽으로 송구하는 것을 확인한 강영학도 망설이지 않고 홈으로 스타트를 끊자, 강운규가 점프하며 2루로 향하던 송구를 커트했다.

그러나 송구를 커트한 강운규는 어디에도 공을 던지지 못했다.

홈으로 파고들 듯이 연기하던 강영학은 3루로 귀루해 버린 상황.

그리고 2루로 공을 다시 던지기에도 너무 늦었기 때문이었다.

결과적으로 임병모의 2루 도루가 성공하면서 무사 1, 3루였던 상황은 무사 2, 3루로 바뀌었다.

슈아악.

따악.

타석의 조우종은 강운규가 던진 2구째 직구를 받아쳐서 깔끔한 우전안타를 만들어냈다.

타닷.

타다닷.

0—2.

3루 주자와 2루 주자가 모두 홈으로 파고들면서 한국시리즈 4차전 선취점은 우송 선더스의 몫이 됐다.

여전히 무사 1루의 위기 상황에서 마운드로 투수코치가 올라왔다.

'적절한 타이밍.'

선발투수 강운규는 1회 말 세 타자를 상대하며 단 하나의 아웃카운트도 빼앗아내지 못한 채 2실점을 허용했다.

가뜩이나 한국시리즈라는 큰 경기가 갖는 중압감으로 인해 힘들어하는 강운규는 초반부터 실점하자 멘탈이 흔들리고 있었다.

그래서 투수코치가 마운드를 딱 적당한 시기에 방문했다고 박건이 판단했지만, 이용운의 의견은 달랐다.

"늦었다."

그 이야기를 들은 박건이 물었다.

"더 일찍 마운드를 방문했어야 했다는 뜻입니까?"

"아니. 투수코치가 아니라 감독이 마운드를 방문해야 했다."

"……?"

"투수 교체를 해야 하는 타이밍이거든."

"너무… 이르지 않습니까?"

한국시리즈 4차전 선발투수인 강운규는 이제 겨우 세 타자를 상대했을 뿐이었다. 그래서 투수 교체를 단행하기에는 너무 이르다는 의견을 제시했지만, 이용운은 단호했다.

"이미 맛이 갔다."

"운규를 말씀하시는 겁니까?"

"그래. 장정훈 감독이 준비를 아주 잘했다. 강운규는 아직 경험이 일천하다. 그래서 한국시리즈 무대에 선발투수로 출전하는 중압감을 이겨내는 것조차 벅찰 것이다. 이렇게 판단한 장정훈 감독은 강운규를 일찍 무너뜨리기 위해서 경기 초반부터 흔들어놓는 것을 선택했다. 강영학의 기습번트 작전, 임병모의 버스터 작전, 그리고 2루 도루까지. 그런 장정훈 감독의 노림수는 적중했다. 강운규는 반쯤 혼이 나가 버린 상황이니까. 그리고 한 사람 더 혼이 빠져나간 사람이 있다."

"그게 누굽니까?"

이용운이 대답했다.

"한창기 감독."

＊　　　　＊　　　　＊

이용운이 더그아웃에 앉아 있는 한창기 감독을 노려보았다.

손에 땀이 나기 때문일까.

그는 바지에 연신 손을 문지르고 있었다.

한창기 감독이 무척 긴장하고 있다는 증거.

"단기전에… 약해."

이용운이 한숨을 내쉬었다.

한창기 감독은 청우 로열스를 맡기 전에 심원 패롯스의 감독직을 맡았었다. 그렇지만 한창기 감독이 팀을 맡고 있을 당시 심원 패롯스는 단 한 번도 가을야구에 참가하지 못했다.

팀 성적이 하위권이었기 때문이었다.

따라서 한창기가 감독으로서 한국시리즈에 진출한 것은 이번이 처음이었다.

아니, 가을야구 참가 자체가 처음이었다.

당연히 단기전을 펼쳤던 경험도 전무하다시피 했다.

그래서일까.

한창기 감독은 청우 로열스에 위기에 닥치자 당황하고 있었다.

'여기서 더 벌어지면 곤란해.'

한국시리즈 4차전 우송 선더스의 선발투수인 서광현은 컨디션이 좋았다.

오버 페이스를 하고 있다는 불안 요소를 안고 있었지만, 전력투구를 하는 서광현을 상대로 득점을 올리는 것은 결코 쉽지 않았다.

그런 만큼 서광현 이후에 등판할 지친 우송 선더스의 불펜투수들을 상대로 승부를 걸어야 했다.

그러나 아무리 우송 선더스의 불펜투수들이 지쳤다고 하나, 경기 초반에 점수 차가 너무 크게 벌어지면 따라붙기 힘들었다.

즉, 경기 초반에 추가 실점은 어떻게든 막아야 했다.

그러나 이미 멘탈이 나가 버린 강운규로는 역부족이었다.

그래서 이른 투수 교체가 필요한 상황이었지만, 한창기 감독은 과감한 투수 교체 결단을 내리지 못하고 망설이고 있었다.

'감독의 역량 차이.'

이용운이 눈살을 찌푸렸다.

한국시리즈 우승 향방을 가를 수 있는 또 하나의 변수를 발견했다는 생각이 퍼뜩 들었기 때문이었다.

그사이, 마운드를 방문했던 투수코치가 강운규의 등을 두드려 준 후 마운드에서 내려갔다. 그리고 이용운의 우려는 기우가 아니었다.

슈아악.

이미 평정심을 잃은 강운규는 실투를 던졌다.

따악.

몸쪽 높은 코스의 밋밋한 직구를 우송 선더스의 4번 타자 빅터 스마일은 놓치지 않았다.

높이 솟구친 타구는 쭉쭉 뻗어 나가서 우중간 펜스를 훌쩍 넘기고 떨어졌다.

0-4.

점수 차가 넉 점으로 벌어졌다.

단 하나의 아웃카운트도 잡아내지 못한 채 4실점을 한 강운규는 제대로 서 있지도 못했다.

마운드 위에 쪼그리고 앉아 있는 강운규를 이용운이 안타깝게 바라보고 있을 때, 한창기 감독이 더그아웃을 박차고 나왔다.

한 박자 늦게 투수 교체를 단행하기 위해 마운드로 걸어 올라오는 한창기 감독을 노려보던 이용운이 초조한 기색으로 말했다.

"최대한 빨리 서광현을 마운드에서 끌어내려야 한다."

　　　　　*　　　　　*　　　　　*

0-4.

4점 차로 뒤지고 있는 청우 로열스의 6회 초 공격이 시작됐다.

6회 초의 선두타자는 9번 타자 김천수.

서광현을 상대로 신중하게 승부를 가져간 김천수는 2볼 2스트라이크에서 서광현의 6구째 직구를 공략했다.

슈아악.

딱.

정타는 아니었다.

먹힌 타구였지만, 타구의 비거리는 예상보다 멀리 뻗었다.

유격수와 좌익수가 타구를 잡기 위해서 모였지만, 김천수의 먹힌 타구는 어느 누구도 잡을 수 없는 곳에 떨어졌다.

빗맞은 타구가 안타가 되자 서광현은 무척 아쉬워하면서 고개를 갸웃했다.

김천수의 텍사스안타가 나오면서 무사 1루의 찬스가 찾아왔다.

박건이 대기타석에서 서광현과 고동수의 대결을 지켜보기 시작했다.

서광현을 세 번째로 상대하는 고동수는 유인구에 쉽게 속지 않았다.

좋은 선구안을 바탕으로 풀카운트 승부로 끌고 갔다.

그리고 6구째.

슈악.

부웅.

고동수는 헛스윙으로 물러났다.

아쉬운 기색을 감추지 못하고 씩씩 콧김을 내뿜으며 더그아웃으로 돌아가는 고동수를 박건이 지켜보고 있을 때였다.

"투구 패턴이 바뀌었다."

이용운이 말했다.

"슬라이더를 결정구로 사용했습니다."

방금 전 고동수를 상대로 헛스윙 삼진을 유도한 구종.

직구가 아닌 슬라이더였다.

서광현은 5회까지 결정구로 직구를 사용하는 투구 패턴을 유지했다. 그래서 고동수도 풀카운트에서 서광현이 이전처럼 결정구로 직구를 던질 거라 예상하고 기다렸다.

그러나 서광현이 결정구로 사용한 구종은 직구가 아니라 슬라이더.

그래서 고동수가 헛스윙 삼진을 당했던 것이었다.

박건 역시 대기타석에서 그 과정을 지켜보았기에 입을 떼자,

이용운이 물었다.

"왜 투구 패턴이 바뀌었는지도 알아?"

"타선이 두 바퀴 돌았기 때문이 아닐까요?"

청우 로열스 타자들은 이미 두 차례씩 서광현을 상대한 상황.

일반적으로 타선이 한 바퀴 돌 때마다 투수들은 투구 패턴을 바꿨다.

타자들에게 혼란을 주기 위함이었다.

이번 경우도 마찬가지일 거라 판단한 박건이 대답했을 때였다.

"쯧쯧."

이용운이 혀를 찼다.

"야구 참 주먹구구식으로 한다."

"아닙니까?"

"당연히 아니지. 서광현이 투구 패턴을 바꾼 이유는 영리하기 때문이다. 힘이 떨어졌다는 것을 간파했거든."

"어떻게요?"

"김천수에게 텍사스안타를 허용한 후에 서광현이 고개를 갸웃하는 것, 봤어?"

"네, 봤습니다."

"분명히 먹힌 타구였다. 그런데 예상보다 타구의 비거리가 길어서 텍사스안타가 됐지. 그 타구를 보고 난 후 서광현은 자신이 던지고 있는 공의 힘이 떨어졌다는 것을 깨달았다. 그래서 바로 투구 패턴을 바꾼 것이지."

이용운의 설명을 들은 박건이 감탄했다.

야수로 전향하기 전, 박건은 투수였다.

야수로 뛰었던 시즌보다 투수로 활약한 시즌이 훨씬 더 길었다.

그래서 마운드에 섰을 때 자신의 상태를 정확히 캐치하는 것이 얼마나 어려운지 잘 알고 있었다.

그런데 서광현은 그 어려운 일을 해내고 있었다.

잠시 후, 박건이 고개를 흔들었다.

상대 팀 투수인 서광현에게 감탄하고 있을 때가 아니었기 때문이었다.

"그럼 슬라이더를 노려야겠네요."

서광현이 결정구로 슬라이더를 사용하는 것으로 투구 패턴을 바꾼 상황.

그래서 박건이 말한 순간, 이용운이 대답했다.

"직구를 노려라."

*   *   *

1루 주자인 김천수의 포지션은 포수.

발이 빠른 편은 아니었다.

그리고 이용운의 지적대로 서광현은 영리했다.

1루 주자인 김천수가 단독 도루를 시도하거나, 작전이 걸릴 확률이 무척 낮다는 것을 간파한 서광현은 주자에 신경 쓰지 않고 타자인 박건과의 승부에 집중했다.

'여기서 서광현을 강판시켜야 해.'

타석에 들어선 박건이 재차 각오를 다졌다.

"서광현을 강판시키는 것이 더 늦어지면 4차전은 필패다. 아니, 고작 그게 다가 아니라 한국시리즈 우승을 넘겨줄 수도 있다."

타석에 들어서기 전, 이용운이 했던 말이 떠올라서였다.

'진짜 직구가 들어올까?'

박건이 미덥잖은 표정으로 타격 준비를 마쳤을 때, 서광현의 손에서 공이 떠났다.

슈아악.

'직구.'

서광현이 초구로 선택한 구종이 바깥쪽 직구라는 사실을 알아챈 박건이 두 눈을 빛내며 힘껏 배트를 휘둘렀다.

따악.

배트 중심에 걸린 타구가 3루 방면으로 날아갔다.

'들어가라.'

박건의 바람이 통했다.

3루수의 키를 훌쩍 넘기고 뻗어 나간 타구는 라인 선상 안쪽에 떨어졌다.

툭. 툭.

무심한 바운드를 일으킨 타구는 펜스 근처까지 굴러갔고, 박건은 여유 있게 2루에 안착했다.

"됐다."

1루 주자였던 김천수가 홈으로 파고들지 못한 것은 아쉬웠지

만, 루상에 주자가 늘어났다는 것과 서광현을 상대로 정타를 만
들어냈다는 것은 의미가 있었다.

'진짜 직구가 들어왔어.'

박건이 놀란 표정을 지은 채 물었다.

"초구로 직구를 던질 것을 어떻게 아신 겁니까?"

"투구 패턴이 바뀌었으니까."

"……?"

"결정구를 직구에서 슬라이더로 교체한다. 이렇게 투구 패턴
을 바꾸는 경우, 투수들은 본인도 모르는 습관이 나온다."

"어떤 습관입니까?"

"결정구로 던질 공은 아껴서 사용하는 거지. 그리고 하나 더,
결정구가 더 위력을 발휘할 수 있도록 밑밥을 깔게 마련이다."

"결정적인 순간에 사용할 슬라이더를 아끼기 위해서 볼카운트
를 잡을 때 직구를 사용할 거라고 판단하셨군요."

"후배."

"틀렸습니까?"

"틀리지 않았다. 그래서 놀랍다."

"왜 놀랍다는 겁니까?"

이용운이 대답했다.

"요샌 말귀를 좀 빨리 알아듣는 것 같아서 말이지."

"서당 개는 더 이상 제 적수가 되지 못하죠."

이용운의 칭찬을 받은 박건이 웃으며 대답하다가 두 눈을 크
게 떴다.

"어……!"

"왜 그래?"

"장정훈 감독이 마운드에 올라옵니다."

"응?"

이건 예상치 못했던 걸까?

"왜… 벌써 올라가지?"

더그아웃을 박차고 나와 마운드를 향해 걸어가는 장정훈 감독을 발견한 이용운도 당혹스러운 목소리를 흘렸다.

"교체?"

잠시 후, 장정훈 감독이 서광현에게서 공을 건네받는 모습을 확인한 박건이 깜짝 놀랐다.

예상보다 훨씬 이른 투수 교체였기 때문이었다.

"이건… 장정훈 감독의 실수다."

장정훈 감독이 과감하게 투수 교체를 단행하는 모습을 확인한 이용운이 단언했다.

'아직 힘이 남아 있어. 그리고 지친 불펜을 가동하기에는 너무 일러. 서광현을 믿고 좀 더 맡기는 편이 낫지 않았을까?'

박건 역시 비슷한 생각을 했을 때, 새로운 투수가 등장했다.

"필립 스미스?"

마운드로 걸어 올라오는 필립 스미스를 확인한 박건이 입을 벌렸다.

이 타이밍에 필립 스미스가 마운드에 등장할 줄은 꿈에도 예상치 못했기 때문이었다.

그리고 놀란 것은 이용운도 마찬가지인 듯 보였다.

"필립 스미스가 저기서 왜 나와?"

잠시 침묵하던 이용운이 한숨과 함께 입을 뗐다.

"변수가 계속 등장하는군."

*   *   *

"몸 상태가… 정상일까요?"

박건이 연습 투구를 하는 필립 스미스를 응시하며 물었다.

"정상이 아니다."

그리고 이용운은 서광현의 뒤를 이어서 마운드에 오른 필립 스미스의 몸 상태가 정상이 아닐 거라고 잘라 말했다.

"완전히 회복하기에는 너무 이르지."

아까 박건이 필립 스미스가 마운드로 걸어오는 것을 발견하고 깜짝 놀랐던 이유는 그가 부상을 입었기 때문이었다.

한국시리즈 2차전 우송 선더스의 선발투수로 출전했던 필립 스미스는 호투를 펼쳤다.

5회까지 무실점 호투를 펼쳤던 필립 스미스는 6회 말 수비 도중 부상을 당했다.

박건의 번트 타구를 수비하던 도중, 급히 방향을 전환하다가 발목이 접질리는 부상을 당하며 비교적 이른 시점에 마운드를 내려갔었다.

당시 필립 스미스의 발목 부상은 무겁지 않았으나 가볍지도 않았다.

'빨라야 7차전 복귀, 늦으면 한국시리즈에서 더 이상 출전하지 못할 수도 있어.'

박건 혼자만의 예상이 아니었다.

전문가들도 비슷한 분석을 했다.

청우 로열스가 한국시리즈가 시작되고 난 후 먼저 2연승을 거뒀을 때, 우승 확률이 90%가 넘어간다고 전문가들이 확신했던 데는 필립 스미스가 부상으로 전력에서 이탈했다고 판단한 부분도 존재했다.

그런데 박건과 전문가들의 예상은 빗나갔다.

필립 스미스가 한국시리즈 7차전이 아닌 4차전에 모습을 드러냈기 때문이었다.

"오히려… 독(毒)이 되지 않을까요?"

잠시 후, 연습 투구를 마친 필립 스미스를 바라보며 박건이 입을 뗐다.

아까 이용운은 필립 스미스의 몸 상태가 정상이 아니라고 단언했다.

그 의견에는 박건도 동의하고 있었다.

한국시리즈 2차전에서 접질렸던 발목 부상이 완쾌되기에는 너무 이른 시점이었기 때문이었다.

필립 스미스는 투구 시 발목에 불편함을 느끼고 있을 터.

당연히 부상 이전보다 구위가 떨어질 것이었다.

또, 제구도 마음먹은 대로 되지 않을 가능성이 높았다.

이런 상황에서 필립 스미스가 서광현의 뒤를 이어 마운드에 오른 것이 득보다 실이 많을 수도 있단 생각이 퍼뜩 든 것이었다.

"일단… 지켜보자."

이용운은 대답을 미뤘다.

박건도 더 질문하는 대신 바뀐 투수 필립 스미스와 양훈정의 대결을 유심히 살피기 시작했다.

슈아악.

필립 스미스가 양훈정을 상대로 선택한 초구의 구종은 직구.

그러나 너무 높았다.

"볼."

필립 스미스의 2구는 슬라이더.

그러나 스트라이크존을 크게 벗어났다.

포수인 정태훈이 빠르게 몸을 날리며 막지 않았다면 폭투가 됐을 정도로 바깥쪽으로 멀리 휘며 빠져나갔다.

"볼."

3구째도 슬라이더.

2구째로 던졌던 슬라이더와 달리 이번에는 한가운데로 들어왔다.

그러나 너무 높았다.

"볼."

순식간에 3볼 노 스트라이크로 카운트가 변했다.

'역시 제구가 안 돼.'

양훈정을 상대로 필립 스미스가 투구하는 모습을 지켜보던 박건이 두 눈을 빛냈다.

직구 구속 147㎞, 슬라이더 구속 138㎞.

정규시즌과 구속 차이는 나지 않았다.

그렇지만 제구가 뜻대로 되지 않았다.

그리고 박건은 필립 스미스의 제구가 뜻대로 되지 않는 이유를 짐작할 수 있었다.

'힘이 너무 들어갔어.'

실점하지 말아야 한다. 그러니 공을 세게 던져야 한다.

이런 생각에 사로잡힌 탓에 몸에 힘이 너무 들어가서 공이 높게 형성되는 것이었다.

"볼넷."

4구째 역시 높은 코스로 형성되면서 양훈정은 스트레이트볼넷으로 1루로 걸어 나갔다.

"밸런스가 무너졌다. 그래서 제구가 안 돼."

이용운의 진단도 박건의 진단과 일맥상통했다.

투구 시 몸에 힘이 너무 들어간 탓에 투구 밸런스가 무너진 것이 필립 스미스의 제구가 뜻대로 되지 않는 이유였기 때문이었다.

1사 만루로 상황이 바뀐 순간, 박건이 우송 선더스 더그아웃 쪽으로 고개를 돌렸다.

부상에서 완전히 회복되지 않은 필립 스미스를 올린 것은 내 오판이었다.

이렇게 인정한 장정훈 감독이 마운드를 방문할 거라 예상했는데, 박건의 예상은 또 빗나갔다.

필립 스미스의 제구가 전혀 되지 않는다는 것을 확인했음에도 장정훈 감독은 미동도 하지 않았다.

잠시 후, 청우 로열스의 4번 타자 앤서니 쉴즈가 타석에 들어섰다.

슈아악.

필립 스미스가 앤서니 쉴즈를 상대로 던진 초구는 직구.

"스트라이크."

등판 후 5구째 만에 필립 스미스는 처음으로 스트라이크를 던지는 데 성공했다.

주심이 스트라이크를 선언한 순간, 앤서니 쉴즈가 거칠게 콧김을 내뿜었다.

앤서니 쉴즈가 흥분하며 아쉬운 기색을 드러낸 이유는 주심의 스트라이크 판정에 불만을 품어서가 아니었다.

143㎞의 구속을 기록한 직구는 스트라이크존 한가운데를 통과했다.

실투나 다름없는 밋밋한 직구를 그냥 흘려보냈던 것에 아쉬움이 남아서 흥분한 것이었다.

"한창기 감독이 공 하나를 기다리라고 지시했을 것이다."

이용운의 이야기를 들은 박건이 고개를 끄덕였다.

필립 스미스의 제구가 뜻대로 되지 않는다는 사실을 한창기 감독도 알아채지 못했을 리 없었다.

그래서 앤서니 쉴즈에게 초구를 그냥 지켜보라고 신신당부했을 가능성이 높았다.

그러나 타석에서 공 하나를 기다리라고 한 한창기 감독의 지시는 실패로 돌아갔다.

필립 스미스가 앤서니 쉴즈를 상대로 초구 스트라이크를 던지면서 유리한 볼카운트를 선점하게 됐기 때문이었다.

이어진 2구째.

슈아악.

필립 스미스는 다시 직구를 던졌다.

역시 가운데로 몰린 직구,

앤서니 쉴즈는 아까와 달리 기다리지 않고 매섭게 배트를 휘둘렀다.

따악.

경쾌한 타격음이 흘러나온 순간, 박건은 적시타가 될 거라고 확신했다. 그래서 빠르게 스타트를 끊었을 때였다.

"멈춰."

이용운이 버럭 소리쳤다.

그 외침을 들은 박건이 걸음을 멈췄을 때, 이용운이 다시 소리쳤다.

"귀루해."

'왜 귀루하란 거지?'

아까와 달리 박건이 이용운의 지시를 따르지 않고 상황을 살필 때였다.

필립 스미스가 1루로 공을 던졌다.

'왜 필립 스미스가 공을 갖고 있는 거지?'

필립 스미스가 1루로 송구하는 모습을 확인한 순간, 박건의 머릿속에 깃든 의문이었다.

"타구가… 잡혔다."

잠시 후, 이용운의 말을 듣고서야 박건은 간신히 상황을 파악할 수 있었다.

앤서니 쉴즈가 때린 잘 맞은 타구는 투수 정면으로 날아갔다.

그 타구가 노바운드로 필립 스미스가 내밀고 있던 글러브 속으로 빨려 들어가 버렸던 것이었다.

"아웃."

2루 주자였던 박건은 비록 귀루하지는 못했지만, 이용운의 외침을 듣고 달리던 것을 멈추었다.

그러나 1루 주자였던 양훈정은 2루로 내달리던 것을 멈추지도 못했다.

2루 베이스에 거의 다다른 곳에서 엉거주춤하게 서 있던 양훈정은 1루로 귀루를 할 생각도 하지 못했다.

1루심이 아웃을 선언하며 청우 로열스의 6회 초 공격이 허무하게 끝이 났다.

맥이 탁 풀리는 느낌을 받으며 박건이 기막힌 호수비를 펼친 필립 스미스를 바라보았다.

자신이 펼친 호수비가 만족스러워서일까.

필립 스미스는 환하게 웃으며 팀원들과 하이 파이브를 나누고 있었다.

반면 잘 맞은 타구가 아쉽게 잡힌 앤서니 쉴즈는 헬멧을 벗어 바닥에 던지며 아쉬움을 드러내고 있었다.

그때, 이용운이 말했다.

"호수비가 아니었다. 운이 좋았던 거지."

이용운은 필립 스미스가 앤서니 쉴즈가 때린 잘 맞은 타구를 잡아낸 것이 의도한 호수비가 아니라, 그가 벌리고 있던 글러브로 공이 마침 빨려 들어간 것이라는 설명을 더했다.

'만약 빠졌다면?'

앤서니 쉴즈의 타구는 중전안타가 됐을 터.

세 명의 주자가 모두 들어오며 추격점을 올려서 경기의 분위기를 바꿀 수 있는 좋은 기회였다.

그래서 박건이 못내 아쉬운 표정을 짓고 있을 때, 이용운이 덧붙였다.

"반대로 말하면 청우 로열스의 운이 다했다는 뜻이기도 하지."

'운이 다했다?'

그 말을 속으로 되뇌던 박건의 표정이 어두워졌다.

제6장

0—4.

스코어의 변동 없이 9회 초 청우 로열스의 마지막 공격이 시작됐다.

우송 선더스의 마무리투수인 이원중은 두 타자를 내야땅볼과 외야플라이로 처리하며 손쉽게 두 개의 아웃카운트를 잡아냈다.

2사 주자 없는 상황에서 타석에 들어선 것은 1번 타자 고동수.

박건이 대기타석에서 이원중과 고동수의 대결을 지켜보았다.

슈아악.

"스트라이크."

이원중이 던진 바깥쪽 직구가 낮게 제구되며 스트라이크존을 통과했다.

노 볼 2스트라이크.

한국시리즈 4차전 승리까지 스트라이크 하나만 남게 되자, 경기장을 가득 메운 우송 선더스 홈 팬들의 함성이 거세졌다.

와아.

와아아.

수많은 팬들이 기립한 채 마운드에 서 있는 이원중을 응원하기 시작했다.

'완패.'

우송 선더스 홈 팬들의 기세에 눌려 버린 고동수는 집중력을 잃은 것처럼 보였다.

박건의 머릿속에 완패라는 단어가 떠오른 순간, 이원중의 손에서 3구째 공이 떠났다.

슈악.

부우웅.

고동수가 헛스윙 삼진으로 물러나며 한국시리즈 4차전 경기가 끝이 났다.

우송 선더스 홈구장이 거대한 함성으로 뜨겁게 들끓어 올랐다.

*   *   *

시리즈 전적 2—2.

우송 선더스가 2연승을 거두면서 시리즈 전적의 균형이 맞춰졌다. 그리고 시리즈 전적이 균형을 맞추자, 가장 먼저 기사 제목이 바뀌었다.

〈우송 선더스의 끈질긴 팀 컬러가 돋보인 경기. 플레이오프에서 선보였던 대역전극을 한국시리즈에서도 재연할 수 있을까?〉

청우 로열스의 통합 우승이 확정적이라는 기사를 쏟아내던 기자들은 금세 태세를 전환했다.

눈살을 찌푸린 채 기사를 노려보던 송이현이 고개를 돌렸다.

"괜찮겠죠?"

"뭐가 괜찮으냐고 물으신 겁니까?"

"청우 로열스가 통합 우승을 차지할 수 있겠죠?"

"모르겠습니다."

제임스 윤에게서 대답이 돌아온 순간, 송이현의 표정이 어두워졌다.

"안 괜찮다는 뜻이죠?"

"네. 야구는 분위기가 중요하니까요."

"우송 선더스는 상승세를 탔고, 청우 로열스는 하락세에 접어들었다?"

"안타깝게도 그렇습니다."

"제임스가 청우 로열스 스카우트 팀장이란 사실을 잊은 건 아니죠? 그런데 너무 객관적인 것 아니에요?"

"캡틴이 제게 원한 게 이것 아니었습니까?"

"그렇긴 하지만……."

"청우 로열스 팀에 긍정적인 부분을 말씀해 달란 뜻인가요?"

"맞아요."

송이현이 대답하자, 제임스 윤이 다시 입을 뗐다.

"저도 그러고 싶은데……."

"그러고 싶은데 뭐죠?"

"딱히 없습니다."

"청우 로열스에 긍정적인 부분이 전혀 없다?"

"제가 보기엔 그렇습니다."

서운하게 느껴지리만치 냉정한 제임스 윤의 대답을 들은 송이현이 한숨을 내쉰 후 다시 물었다.

"그럼 청우 로열스가 이 위기를 벗어날 수 있는 해법은 뭐가 있을까요?"

"그것도… 없습니다."

"역시… 그렇군요. 제임스에게 기대했던 내가 잘못했네요."

제임스 윤에 대한 기대를 깔끔하게 접은 송이현이 말했다.

"그럼 이제 믿을 건 하나뿐이네요."

"그게 뭡니까?"

송이현이 대답했다.

"독한 야구."

*   *   *

"녹음하자."

이용운의 제안을 들은 박건이 깜짝 놀랐다.

박건이 놀란 이유는 올 시즌에는 '독한 야구' 녹음이 더 이상

없을 거라고 판단했었기 때문이었다.

그런데 이용운이 '독한 야구' 녹음을 하자고 먼저 제안했다는 것이 의미하는 것은 하나.

청우 로열스에 다시 위기가 닥쳤다는 뜻이었다.

"방송을 재개해야 할 정도로 심각한가요?"

"후배 생각은 어때?"

"다시 시작이라고 생각합니다."

"다시 시작?"

"시리즈 전적이 2—2로 균형이 맞춰졌으니, 원점에서 다시 시작하는 것이나 마찬가지 아닙니까?"

박건이 설명을 마치자마자, 이용운이 말했다.

"후배는 참 단순하군."

'이거 욕이다.'

이렇게 판단한 박건이 발끈한 표정을 지었을 때였다.

"욕이 아니라 칭찬이었으니까 흥분할 것 없다."

이용운이 재빨리 덧붙였다.

'진짜 칭찬 맞아?'

박건이 의심하고 있을 때였다.

"다른 선수들은 그렇게 단순하게 생각하지 않거든."

"……?"

"한국시리즈 전적이 2—2로 바뀌고 난 후, 원점이 된 게 아니라 청우 로열스가 불리해졌다고 생각하지."

"왜 그렇게 생각하죠?"

"분위기가 넘어갔다고 생각하니까."

"그렇긴 하지만……."

"후배처럼 단순하게 생각하는 게 필요한 시점이야."

'칭찬이 맞는 것 같긴 한데 이상하게 기분이 나쁘네.'

박건이 머리를 긁적이면서 다시 물었다.

"그러니까… 심각한 상황이란 뜻이죠?"

"무척 심각한 상황이지. 한창기 감독이 지금 멘붕에 빠졌거든. 그래서 녹음을 하려는 것이고."

이용운이 덧붙였다.

"빨리 녹음 시작하자. 시간 없다."

*　　　*　　　*

"팟 캐스트 방송 '독한 야구'는 선수, 감독, 심지어 팬들까지 모두 독하게 까는 해설 방송입니다. 심장이 약한 분들과 임산부와 노약자는 가능한 청취를 금해주시기 바라며, 하루에 딱 한 경기만 집중해서 해부하는 '독한 야구', 지금부터 시작하겠습니다. 갑자기 '독한 야구' 방송이 재개된 탓에 놀라신 분들도 계실 것 같아서 우선 그 이유를 말씀드리겠습니다. 청우 로열스가 통합 우승을 놓칠 수 있는 위기가 찾아왔기 때문에 '독한 야구'가 돌아온 겁니다. 아직 시리즈 전적은 2—2로 동률이다. 그러니 제가 너무 비관적으로 상황을 바라본다고 판단하는 분들도 계실 겁니다. 그렇지만 분명히 말씀드리겠습니다. 청우 로열스는 아주 큰 위기에 처했습니다. 그리고 가장 큰 문제는 감독의 역량 차이입니다."

'남 탓할 자격이 없는 건 마찬가지네.'

녹음을 하던 박건이 속으로 생각했다.

평소 이용운은 빠르게 태세를 전환하는 기자들과 전문가들을 욕했다.

그렇지만 박건이 보기엔 이용운도 도긴개긴이었다.

"명장 코스프레를 자주 시전하더니 진짜 명장이 다 돼가는구나."

한국시리즈 2차전을 펼치던 도중에 이용운이 했던 말이었다.

당시만 해도 한창기 감독에게 칭찬을 쏟아내던 이용운은 불과 며칠 새에 태세를 전환해서 맹비난을 쏟아내고 있었다.

그런 박건의 속내를 알아채지 못한 듯 이용운은 말을 이었다.

"한창기 감독이 한국시리즈를 치르는 도중에 큰 패착을 두었느냐? 그건 아닙니다. 자잘한 실수들을 몇 가지 저지르긴 했지만, 비교적 무난한 편이었습니다. 다만 장정훈 감독의 역량이 워낙 뛰어나기 때문에 비교가 되는 것입니다. 숲과 나무로 비유하면 적절할까요? 한창기 감독은 나무만 보고 있는 반면, 장정훈 감독은 숲을 보고 있습니다. 쉽게 말해 시리즈 전체의 큰 그림을 잘 그렸습니다. 그리고 장정훈 감독은 숲을 살리기 위해서 심태평과 필립 스미스라는 좋은 비료를 사용했죠."

'비료?'

박건이 의아한 표정을 지었을 때, 이용운의 이야기가 이어졌다.

"한국시리즈 3차전에 심태평이 선발 출전 한 것을 확인하고 나서 저는 놀랐습니다. 심태평이 주루플레이를 펼치는 것을 보고 그의 몸 상태가 정상이 아니라는 것을 금세 간파했기 때문입니다. 그래서 장정훈 감독이 아주 멍청한 선택을 했다고 판단했는데 제가 틀렸습니다. 멍청했던 것은 접니다."

'이제 하다하다 자기 자신까지 까는구나.'

박건이 고개를 절레절레 흔들며 녹음을 계속 이어나갔다.

"장정훈 감독은 단순히 3차전에서 승리를 거두기 위해서 심태평을 선발 출전시켰던 것이 아니었습니다. 시리즈 전체를 염두에 두고 심태평을 기용했습니다. 일종의 승부수였고, 그 승부수는 제대로 먹혀들었습니다. 심태평의 부상 투혼이 우송 선더스 선수들을 하나로 뭉치게 만들었거든요. 그리고 거기서 끝이 아닙니다. 4차전에서 장정훈 감독은 또 하나의 승부수를 던졌습니다. 바로 필립 스미스를 등판시킨 것이죠. 올 시즌 내내 선발투수였던 필립 스미스는 한국시리즈 4차전에서 서광현의 뒤를 이어 불펜투수로 등판했습니다. 선발투수가 불펜투수로 출전하는 것, 게다가 필립 스미스는 용병입니다. 용병인 필립 스미스가 혹사당하고 있는 불펜투수들의 짐을 덜어주기 위해서, 또 팀을 위해서 부상을 무릅 쓰고 희생을 했다는 것이 또 한 번 우송 선더스 선수들에게 강한 자극을 줬을 겁니다. 이렇게 장정훈 감독이 던졌던 두 가지 승부수가 모두 먹혀들면서 우송 선더스는 2패 후에 2승을 거두며 시리즈의 균형을 맞추는 데 성공했습니다. 단순히 균형을 맞춘 게 다가 아닙니다. 우송 선더스는 원 팀, 즉 하나의 팀으로 뭉치면서 상승세의 분위기를 탔습니다. 이 상승세는 한국시리즈 5차전에도 이어질 가능성이 높습니다. 이게 청우 로열스가 위기에 처한 이유입니다."

'분위기가 중요하긴 하지.'

박건이 짤막한 한숨을 내쉬었다.

한국시리즈에서 먼저 2승을 거뒀을 때, 청우 로열스 더그아웃 분위기는 무척 밝았다.

7전 4선승제의 한국시리즈에서 4연승을 거두며 통합 우승을 차지할 수 있다는 자신감이 선수들의 표정에 가득 묻어났었다.

그러나 3차전과 4차전을 잇따라 패하고 난 후, 청우 로열스 더그아웃 분위기는 급격하게 냉각됐다.

시끌벅적하던 더그아웃은 적막이 흐를 정도로 조용하게 변했고, 선수들의 표정에는 자신감 대신 초조함이 묻어났다.

"이제 남은 경기는 세 경기. 그리고 제가 판단하기에 한국시리즈 5차전은 이번 시리즈를 통틀어서 가장 중요한 경기입니다. 5차전에서 승리를 거두는 팀이 이번 한국시리즈 우승을 차지할 수 있는 확률이 무척 높습니다. 그럼 청우 로열스가 5차전에서 승리를 거둘 수 있는 방법은 무엇일까요? 결국 두 가지입니다. 우선 원점에서 다시 시작한다는 마음가짐을 가져야 합니다. 제가 알고 있는 어느 단순한 선수는 시리즈가 균형이 맞춰진 상황이니까 어느 팀도 유리하거나 불리하지 않다. 이렇게 말하더군요."

'내 얘기네.'

박건이 멋쩍게 웃으며 녹음을 이어나갔다.

"현재 청우 로열스 팀에게 가장 필요한 것은 이 단순한 선수의 마음가짐입니다. 지금까지 치렀던 4경기를 모두 잊어버리고 5차전에만 오롯이 집중해야 합니다. 그리고 하나 더, 가장 좋았던 때로 돌아가야 합니다. 지난 2경기에서 패했다고 해서 라인업에 큰 변화를 주면 오히려 독이 될 가능성이 높습니다."

*   *   *

〈청우 로열스 선발 라인업〉
1번. 고동수.
2번. 박건.
3번. 양훈정.
4번. 앤서니 쉴즈.
5번. 구창명.
6번. 백선형.
7번. 임건우.
8번. 이필교.
9번. 김천수.
Pitcher. 조던 픽스.

한국시리즈 5차전을 앞두고 한창기 감독이 발표한 선발 라인업을 확인한 박건이 말했다.
"한창기 감독이 '독한 야구'의 청취자가 아니라는 건 이제 확실해졌네요."
어제 '독한 야구'에서 이용운이 강조했던 것 중 하나가 바로 선발 라인업에 큰 변화를 주면 안 된다는 점이었다.

그렇지만 한창기 감독은 선발 라인업에 변화를 주었다.

이것이 한창기 감독이 '독한 야구'의 청취자가 아니라는 증거라고 박건은 판단한 것이었다.

"역시 한심해."

이용운이 한창기 감독에게 비난을 쏟아냈다.

"'독한 야구' 청취자가 아니라서요?"

"아니. 고집이 너무 세다."

"무슨 고집이요?"

"한창기 감독은 후배 말대로 '독한 야구'를 듣지 않았을 것이다. 그렇지만 송이현 단장은 '독한 야구'를 들었을 게 분명하다. 그리고 '독한 야구' 방송 중에 내가 청우 로열스가 5차전에서 승리하기 위해서 꼭 필요하다고 알려줬던 두 가지 방법을 모두 한창기 감독에게 전달했을 것이다. 그럼에도 불구하고 송이현 단장의 충고를 무시했지."

박건이 고개를 끄덕였다.

송이현 단장은 '독한 야구'의 진행자에 대한 신뢰가 깊었다.

아마 한창기 감독에게 그 충고들을 전했을 것이었다. 그렇지만 한창기 감독은 그 충고를 따르지 않고 선발 라인업에 변화를 주었다.

가장 큰 변화는 배준영이 선발 라인업에서 빠진 것이었다.

그를 대신해 유격수 포지션에 구창명이 처음으로 출전했다. 그리고 박건은 한창기 감독이 이런 결단을 내린 이유를 짐작할 수 있었다.

14타수 1안타.

한국시리즈 4차전까지 치르는 동안 배준영이 타석에서 남긴 성적이었다.

한국시리즈 1차전에서 승부에 영향을 미친 결정적인 홈런 한 방을 터뜨리긴 했지만, 타율이 채 1할에도 미치지 못할 정도로 배준영은 타석에서 부진했다.

0—9, 그리고 0—4.

그리고 청우 로열스는 지난 한국시리즈 3차전과 4차전에서 단 한 점도 뽑아내지 못하는 빈공에 허덕였다.

'한국시리즈 5차전에서 청우 로열스가 승리를 거두기 위해서는 침체된 타선이 살아나야 한다.'

아마 한창기 감독이 장고 끝에 내린 결론이었을 것이었다.

그래서 한창기 감독은 수비 실력은 뛰어나지만, 타석에서 부진한 모습을 보이는 배준영을 선발 라인업에서 제외하는 결단을 내렸으리라.

이런 한창기 감독의 결단은 충분히 납득이 갔다.

구창명은 배준영에 비해서 타격 능력이 뛰어났으니까.

그러나 이용운의 의견은 달랐다.

"시기가 너무 안 좋다."

"어떤 시기가 안 좋단 겁니까?"

"구창명을 경기에 투입한 시기 말이다."

'왜 시기가 안 좋다는 걸까?'

박건이 의문을 품었을 때, 이용운이 덧붙였다.

"두고 보거라. 한창기 감독의 똥고집이 경기를 망칠 테니까."

                    *   *   *

조던 픽스 VS 저니 레스터.

한국시리즈 5차전, 양 팀 선발투수들의 면면이었다.

명실공히 양 팀 에이스들의 맞대결.

그래서 5차전 승부의 향방이 더욱 중요했다.

투수전이 될 거란 전문가들의 예측대로 한국시리즈 5차전은
팽팽한 투수전 양상으로 흘러갔다.

0의 균형이 유지되는 가운데 5회 말 우송 선더스의 공격이 시
작됐다.

5회 말의 선두타자는 5번 타자 장민섭.

4이닝 동안 사사구 하나만 허용하며 노히트노런 투구를 펼치
던 조던 픽스는 장민섭을 상대로도 과감한 승부를 펼쳤다.

몸쪽 직구 두 개를 잇따라 과감하게 던져서 유리한 볼카운트
를 선점했다.

그리고 3구째.

슈악.

조던 픽스의 선택은 역시 몸쪽이었다.

1구와 2구가 모두 몸쪽 직구였던 터라, 바깥쪽 공을 의식하지
않을 수 없었던 장민섭은 허를 찔렸다.

딱.

배트 손잡이 부근에 맞은 빗맞은 타구는 느릿하게 유격수 쪽
으로 굴러갔다.

장민섭의 빠른 발을 의식한 구창명이 앞으로 대시하면서 포구

를 시도했다. 그러나 바운드를 맞추지 못한 탓에 단번에 포구하
지 못했다.

글러브 끝에 맞은 타구가 바닥에 떨어졌고, 한 번 더듬은 공
을 급히 낚아챈 구창명이 1루로 송구했다.

그러나 너무 서두른 탓에 송구의 방향이 빗나갔다.

1루수 앤서니 쉴즈가 베이스에서 발을 떼면서 좌측으로 한참
치우친 송구를 잡으려 시도했지만, 역부족이었다.

송구가 빗나간 사이, 타자주자 장민섭은 2루까지 진루했다.

무사 2루.

자신의 플레이가 마음에 들지 않는 걸까.

송구 실책을 범한 구창명은 고개를 절레절레 흔들고 있었다.

"내가 그랬잖아. 한창기 감독의 똥고집이 오늘 경기를 망칠 거
라고."

박건이 구창명을 바라보고 있을 때, 이용운이 기회를 놓치지
않고 소리쳤다.

"아직 너무 이릅니다."

"왜 일러?"

"겨우 실책 하나 범했을 뿐입니다. 아직 실점을 허용한 것도
아니니까 경기를 망쳤다고 단언하기에는 이르다는 뜻입니다."

박건이 대답했지만, 이용운은 코웃음을 쳤다.

"도미노, 알지?"

"당연히 압니다."

"그럼 이제 곧 도미노를 볼 수 있을 것이다."

"……?"

"실책의 도미노 말이다."

*　　　*　　　*

무사 2루 상황에서 타석에 들어선 것은 6번 타자 유호였다.

슈악.

유호는 조던 픽스의 4구째 슬라이더를 노려 쳤다.

완벽한 타이밍에 배트에 걸린 타구는 좌중간 쪽으로 향했다.

"못 잡아. 펜스플레이를 대비해."

이용운은 유호가 때린 타구를 노바운드로 잡는 것이 불가능하다고 단언했다.

타구의 비거리와 속도, 그리고 코스를 확인한 박건도 이용운의 의견에 수긍하고 펜스플레이를 대비하려 했을 때였다.

'어?'

이필교가 타구를 향해 맹렬히 대시하는 모습이 보였다.

노바운드로 타구를 처리하기 위해서 이필교가 몸을 날리며 글러브를 쭉 내밀었다.

'잡았나?'

박건이 기대에 찬 시선을 던질 때였다.

툭. 툭.

이필교가 쭉 뻗은 글러브는 타구에 살짝 미치지 못했다.

뒤로 빠진 타구는 바운드를 일으키면서 빠르게 펜스 쪽으로 굴러갔다.

'실책의 도미노!'

방금 중견수 이필교의 수비.

의욕이 너무 과했던 실책성 플레이였다.

해서 조금 전 이용운이 말했던 실책의 도미노란 표현이 박건의 머릿속에 떠올랐을 때였다.

"계속 그렇게 멍하니 서 있을 거야?"

이용운의 외침을 듣고서야 박건은 자신의 실수를 깨달았다.

이필교의 무모한 수비가 성공했는가 여부를 확인하는 데 정신이 팔린 터라, 백업이 늦었던 것이었다.

뒤늦게 정신을 차린 박건이 펜스 쪽으로 달려갔다.

그러나 타자주자인 유호가 3루에 안착하는 것을 막기에는 역부족이었다.

0─1.

한국시리즈 5차전 역시 선취점은 우송 선더스의 몫이었다. 그리고 아직 위기는 끝난 것이 아니었다.

무사 3루의 찬스에서 타석에 들어선 것은 7번 타자 조일장이었다.

슈아악.

조일장은 조던 픽스의 초구를 공략했다.

따악.

묵직한 타격음이 흘러나왔고, 타구를 쫓아가던 박건의 걸음은 이내 멈췄다.

와아.

와아아.

펜스를 훌쩍 넘기고 떨어지는 타구를 확인한 조일장이 불끈 쥔 주먹을 들어 올렸다.

우송 선더스 홈 팬들의 함성이 거세게 고막을 때리는 것을 들으며 박건의 두 다리에 힘이 풀렸다.

'승기가 넘어갔다.'

*   *   *

조던 픽스는 조우종에게 투런홈런을 허용한 후 강판됐다.

그의 뒤를 이어서 마운드에 오른 것은 백철기.

그렇지만 백철기도 우송 선더스 타자들의 상승세를 막기에는 역부족이었다.

5회 말은 무실점으로 막아냈지만, 6회 말에 빅터 스마일에게 투런홈런을 얻어맞으며 추가 실점을 허용했다.

0-5.

격차가 5점으로 벌어진 상황에서 8회 초 청우 로열스의 공격이 시작됐다.

우송 선더스의 마운드는 여전히 저니 레스터가 지키고 있었다.

선두타자는 9번 타자 김천수.

그렇지만 그는 저니 레스터가 던진 초구를 공략했다가 포수 파울플라이로 허무하게 물러났다.

대기타석으로 걸어가기 직전, 박건이 고개를 돌렸다.

한창기 감독의 표정은 어두웠다.

선수들의 표정도 어두운 것은 마찬가지였다.

아직 경기가 끝난 것이 아니었다.

경기 종료까지는 아웃카운트 다섯 개가 남아 있었다.

그럼에도 불구하고 청우 로열스 더그아웃에는 패색이 짙게 드리워져 있었다.

'아직 경기 안 끝났습니다.'

박건이 속으로 외쳤을 때, 이용운이 말했다.

"아직 경기 안 끝났다."

자신이 하고 싶었던 이야기를 이용운이 꺼낸 순간, 박건이 정신을 차렸다.

"뒤집을 수 있을까요?"

"경기를 뒤집는 건 어렵지."

"그럼?"

"최소한 한 점이라도 따라붙어야 한다. 세 경기 연속 영봉패를 당하게 되면 다음 경기에도 안 좋은 영향을 미칠 테니까."

이용운의 말이 옳았다.

오늘 경기가 끝이 아니었다.

아직 6차전과 7차전이 남아 있었다.

이대로 허무하게 5차전을 패하는 것과 비록 경기를 뒤집지는 못 하더라도 추격점을 올리며 따라붙는 모습을 보이는 것은 천지 차이였다.

"살아 나가주십시오."

그래서 박건이 대기타석으로 걸어 나가며 고동수에게 부탁했다.

박건의 외침을 들은 고동수가 힘껏 고개를 끄덕였다.

그런 그는 약속을 지켰다.

"볼넷."

풀카운트 승부 끝에 유인구를 잘 참아내며 사사구를 얻어내서 출루했다.

1사 1루 상황에서 박건이 타석으로 들어섰다.

박건이 잔뜩 웅크리고 있을 때, 저니 레스터가 투구 동작에 돌입했다.

"왜 구종을 안 물어봐?"

이용운이 질문했지만, 박건은 대답하지 않았다.

대신 힘껏 배트를 휘둘렀다.

슈아악.

따악.

경쾌한 타격음과 함께 뻗어 나간 타구는 좌중간을 반으로 갈랐다.

빠르게 다구 판단을 마친 고동수는 3루를 통과해 홈까지 파고들었다.

그리고 중계플레이에 참여했던 우송 선더스의 유격수는 홈으로 송구하지 않았다.

5점의 리드가 있기 때문에 타자주자인 박건을 2루에 묶어두는 것에 만족했다.

1-5.

마침내 팀의 영봉패를 면하는 추격점을 올리는 적시 2루타를 때려냈지만, 박건은 환호하지 않았다.

적시타를 때려냈어도 팀의 패배를 막을 수 없다는 사실을 알고 있었기 때문이었다.

　그때, 이용운이 무척 오랜만에 칭찬을 건넸다.

　"아주 잘했다."

제7장

최종 스코어 1—5.

한국시리즈 5차전의 승자는 우송 선더스였다.

시리즈 전적 2—3.

2연승 후 3연패를 당하며 청우 로열스는 벼랑 끝에 몰렸다.

유일한 위안거리라면 세 경기 연속 영봉패를 당하는 것을 면했다는 점 정도.

"여기까지인가?"

스탠드가 켜져 있는 책상 앞에 앉아 있던 송이현이 작게 혼잣말을 읊조렸다.

'어쩌면 진짜 통합 우승을 차지할 수 있지 않을까?'

이런 기대를 내심 가졌다.

그러나 내리 3연패를 당하며 청우 로열스가 벼랑 끝에 몰리게 되자, 송이현은 한계를 실감했다.

"청우 로열스가 통합 우승을 차지하기 위해 압도적으로 유리한 고지를 선점한 것은 사실입니다. 그럼에도 불구하고 제가 불안한 이유는… 너무 쉽다는 생각이 들어서입니다. 제가 지금까지 경험했던 야구는 결코 쉽지 않았거든요."

그런 그녀가 떠올린 것은, 얼마 전 제임스 윤이 했던 말이었다.

당시 제임스 윤이 했던 말처럼 야구는 쉽지 않았다.

성큼 다가왔던 통합 우승의 꿈은 어느새 멀찍이 달아나 버렸다.

"야잘알 인정. 야구 참 어렵네."

혼잣말을 꺼내면서도 송이현은 스마트폰을 손에서 놓지 못했다.

새로고침을 하면서 '독한 야구'가 업데이트되길 기다리고 있을 때였다.

지이잉. 지이잉.

송이현의 휴대전화가 진동했다.

"왜… 갑자기 전화하셨지?"

발신자가 청우 그룹 송수백 회장이란 사실을 확인한 송이현이 두 눈을 빛냈다.

*   *   *

부녀지간(父女之間).

송수백과 송이현의 관계였다.

그렇지만 송이현은 평소 살가운 딸이 아니었다.

또, 송수백도 다정한 아버지와는 거리가 멀었다.

그래서 자주 연락을 주고받는 편은 아니었다.

'6월이 마지막이었나?'

송이현이 머잖아 기억을 떠올리는 데 성공했다.

청우 로열스가 연패의 수렁에 빠지며 리그 최하위로 추락했을 때, 송수백에게서 전화가 걸려왔던 것이 마지막이었다.

"지금이라도 그룹 산하 다른 계열사를 맡는 게 어떠냐?"

당시에 송수백은 청우 로열스 단장직에서 물러나는 대신 다른 계열사를 맡아보는 게 어떠냐고 제안했다.

그렇지만 송이현은 일언지하에 그 제안을 거절했다.

냉정했던 그 거절이 마음에 남아서일까?

송수백은 그 후 줄곧 연락을 하지 않다가, 약 5개월 만에 다시 연락한 것이었다.

"네, 저예요."

잠시 망설이던 송이현이 전화를 받았다.

"재밌더구나."

무려 5개월 만에 연락했음에도 불구하고, 송수백은 안부 인사도 건너뛰고 다짜고짜 재밌다는 이야기부터 꺼냈다.

'여전하시네.'

송이현이 속으로 생각하며 물었다.

"뭐가 그렇게 재밌으셨어요?"

"청우 로열스의 야구."

"야구도 챙겨 보세요?"

"내가 괜히 야구단을 운영하고 있을까?"

"야구를 좋아하시는 게 아니라, 그룹 홍보를 위해서 야구단을 운영하신 걸로 알고 있는데요."

"잘못 알고 있구나. 나도 야구를 꽤 좋아한다. 다만……."

"다만 뭡니까?"

"청우 로열스가 워낙 야구를 못해서 챙겨 보지 않았던 것뿐이지."

송수백이 껄껄 웃으며 대답했다.

그렇지만 송이현은 함께 웃는 대신 정색했다.

송수백이 돌연 전화를 걸어서 청우 로열스의 야구가 재밌다고 말한 타이밍이 마음에 걸려서였다.

"진짜 청우 로열스 경기를 챙겨 보고 계신 것 맞아요?"

"그렇다니까."

"그럼 청우 로열스가 벼랑 끝에 서 있다는 것도 알고 계세요?"

"한국시리즈 5차전도 패하면서 한 경기만 더 패하면 우송 선더스에 한국시리즈 우승을 넘겨주게 될 위기에 처했지."

'진짜 챙겨 보시긴 하셨네.'

의심을 거둔 송이현이 다시 물었다.

"그런데도 재밌으세요?"

"원래 무슨 일이든 너무 순탄하면 재미가 없는 법이다. 위기가 찾아오고, 그 위기를 극복하는 과정이 있어야만 재밌는 법이지."

틀린 말은 아니었다.

그래서 송이현이 입을 다물고 있자, 송수백이 다시 말했다.

"왜? 자신 없느냐?"

"무슨 자신이요?"

"위기를 극복해 낼 자신 말이다."

"그게……."

송이현이 자신 있게 대답하지 못하고 말끝을 흐렸다.

'여기까지가 한계가 아닐까?'

조금 전에 한계라는 단어를 머릿속에 떠올렸던 만큼, 자신이 없었다. 그러나 송수백에게 자신 없다는 대답을 꺼내기가 싫어서 말끝을 흐린 것이었다.

"경영자에게 가장 필요한 능력 중 하나가 위기관리 능력이다. 다른 녀석들은 위기관리 능력의 부재로 인해서 실패했지. 그래서 너는 어떨지 더 궁금하구나."

송수백이 담담한 목소리로 말했다.

'난 오빠들과 다르다는 것을 증명하고 싶다.'

그 이야기를 듣는 순간, 송이현의 승부욕이 끓어올랐다.

'그렇지만 다름을 증명할 수 있을까?'

여전히 자신이 없었기 때문에 송이현이 지그시 입술을 깨물었을 때, 송수백이 덧붙였다.

"7차전에 맞춰서 일정을 비워두라고 비서실에 지시했다."

"7차전이요? 그러니까 한국시리즈 7차전을 관람하기 위해서 경기장을 직접 찾아오실 거란 뜻인가요?"

"왜? 그럼 안 되느냐?"

"안 될 건 없지만……."

"그룹 오너인 내가 직접 경기장을 찾아가서 경기를 관람하면 청우 로열스 선수들이 더 분발하지 않겠느냐?"

송이현이 천천히 고개를 끄덕였다.

송수백이 경기장을 직접 찾아와서 관람하면 청우 로열스 선수들과 코칭스태프들에게 동기부여 요인이 된다는 것.

부인할 수 없는 사실이었다.

만약 송수백이 먼저 제안하지 않았다면, 송이현이 일부러 연락해서 경기장에 찾아와 달라고 부탁하고 싶었을 정도였다.

그럼에도 불구하고 송이현이 송수백이 한 제안을 듣고 환하게 웃지 못한 데는 이유가 있었다.

바로 송수백이 경기장에 찾아오게 만들기 위해서는 한국시리즈를 7차전까지 끌고 가야 한다는 점 때문이었다.

"…경기장에서 뵙죠."

잠시 후, 송이현이 입을 뗐다.

그 대답이 마음에 든 걸까.

송수백이 웃으며 덧붙였다.

"기대하마."

후우.

송수백과의 짧은 통화를 마친 후, 송이현이 길게 한숨을 내쉬었다.

송수백을 실망시키고 싶지 않아서 일단 센 척을 했다.

그렇지만 말 그대로 센 척을 했던 것뿐이었다.

6차전에서 승리를 해서 시리즈를 7차전으로 끌고 갈 묘책 따위 없었다.

그래서 초조한 표정으로 스마트폰을 확인하던 송이현이 두 눈을 빛냈다.

'독한 야구'가 업데이트된 것을 확인했기 때문이었다.

∗   ∗   ∗

"팟 캐스트 방송 '독한 야구'. 오늘은 특별히 오프닝을 건너뛰겠습니다. 청우 로열스가 통합 우승을 놓칠 수도 있는 절체절명의 위기에 처했으니까요."

이용운이 오프닝을 건너뛰는 경우는 무척 드물었다.

이번이 두 번째.

그 사실을 잘 알고 있는 박건이 혀를 내밀어 바싹 마른 입술을 축였다.

'진짜 청우 로열스가 벼랑 끝에 몰리긴 했구나. 또 나에 대한 애정이 깊긴 하구나.'

이용운이 초조해하면서 오프닝까지 건너뛴 이유는 청우 로열스의 통합 우승이 물 건너갈 위기에 처했기 때문이었다. 그리고 만약 청우 로열스가 통합 우승에 실패하면 포스팅 시스템을 통한 박건의 메이저리그 진출도 함께 물 건너간다는 사실을 알기에 이용운이 적극적으로 나서는 것이었다.

"일단 한국시리즈 5차전 경기에 대해서 짤막한 총평을 하고 넘어가겠습니다. 청우 로열스의 5차전 패인은 두 글자로 표현할 수 있을 겁니다. 바로 '자멸'입니다."

'자멸이라.'

자멸이란 두 글자를 속으로 되뇌던 박건이 쓰게 웃었다.

딱 어울리는 표현이란 생각이 들었기 때문이었다.

"5차전 선발투수였던 조던 픽스는 등판에 맞춰서 준비를 잘한 덕분에 컨디션과 투구 밸런스가 좋았습니다. 우송 선더스의 에이스인 저니 레스터와 명품 투수전을 펼치는 것이 가능했는데, 청우 로열스 수비진이 조던 픽스를 전혀 돕지 못했습니다. 아니, 오히려 조던 픽스의 발목을 잡았죠. 그 시발점은 배준영 선수를 대신해서 처음으로 유격수로 출전했던 구창명 선수의 수비 실책이었죠. 그리고 구창명 선수의 실책 이후 청우 로열스 수비진은 도미노처럼 실책을 쏟아냈습니다. 중견수인 이필교 선수는 의욕만 앞선 무리한 수비를 펼쳤고, 박건 선수는 백업을 늦게 들어가는 실책을 범했죠. 수비진이 투수를 도와주지는 못할망정 이렇게 삽질을 계속하는데 선발투수인 조던 픽스가 평정심을 유지하는 건 당연히 불가능한 일이죠. 그래서 나왔던 조던 픽스의 실투를 놓치지 않고 조일장 선수가 때려냈던 홈런이 한국시리즈 5차전 승부를 실질적으로 결정지었던 셈입니다."

이번에도 박건이 쓰게 웃었다.

실책의 도미노란 표현이 딱 어울린단 생각이 들었기 때문이었다.

"자, 그럼 왜 이런 실책들이 갑자기 쏟아졌느냐? 한국시리즈 6차전을 위해서라도 이 부분은 분명하게 짚고 넘어갈 필요가 있습니다. 제가 판단하는 원인은 크게 두 가지입니다. 조급

함, 그리고 경험 부족입니다. 우선 청우 로열스 선수들은 조급했습니다. 2연승 후에 2연패를 당하면서 청우 로열스의 팀 분위기는 착 가라앉은 반면, 2연패 후에 2연승을 거둔 우송 선더스의 팀 분위기는 상승세를 탔습니다. 만약 5차전에서 선취점을 내준다면, 우송 선더스의 상승세를 막을 수 없다. 이런 위기감이 들었기 때문에 구창명 선수는 수비를 할 당시에 몸이 굳었고, 이필교 선수는 선취점을 절대 내주지 않겠다는 욕심에 사로잡혀서 의욕만 앞섰던 무모한 수비를 펼쳤죠. 그리고 또 하나의 이유는 경험 부족입니다. 시리즈 전적 2−0으로 앞서다가 시리즈 전적이 2−2로 동률이 되자, 청우 로열스 선수들은 우리가 불리하다고 판단했을 겁니다. 그래서 경험이 부족한 청우 로열스 선수들은 큰 경기의 중압감을 이겨내지 못하고 실책을 남발하면서 자멸하고 말았던 겁니다."

'경험의 차이.'

속된 말로 뼈를 때린 것처럼 이용운의 분석은 무척 아픈 부분을 찔렀다.

청우 로열스는 꽤 오랫동안 하위권에 머물렀다. 그래서 한국시리즈 선발 라인업에 포함된 선수들 가운데 이전에 한국시리즈 무대를 경험해 본 선수가 드물었다.

배준영, 그리고 임건우.

단 두 명뿐이었다. 그리고 두 선수가 한국시리즈를 경험했던 것은 청우 로열스 소속 선수로서가 아니었다.

이전 소속 팀 선수였을 당시 한국시리즈 무대를 경험해 보았다.

그조차도 주인공은 아니었다.

들러리로서 한국시리즈 무대를 간접경험 했던 것이 다였다.

반면 우송 선더스는 KBO 리그에서 손꼽히는 강팀 중 하나였다.

지난 세 시즌 동안 꾸준히 가을야구에 진출했었고, 재작년 시즌에는 한국시리즈에도 진출했었다.

비록 대승 원더스의 벽을 넘지 못하고 준우승에 그쳤지만, 한국시리즈 무대를 경험했던 것은 큰 자산이었다.

이런 경험의 격차가 한국시리즈가 후반으로 향하자 커다란 차이를 만들어내고 있는 셈이었다.

"지난 방송에서 제가 강조했던 것이 선발 라인업에 변화를 주면 안 된다는 것이었습니다. 그리고 제가 그 부분을 강조했던 이유는 베테랑의 경험이 무척 중요하다고 판단했기 때문입니다. 심리적으로 쫓기고 있는 상황에서는 공격보다 수비가 더 중요합니다. 물론 어디까지나 가정이긴 하지만, 지난 5차전에 구창명이 아닌 배준영이 유격수로 출전했다면 과연 실책을 범했을까요? 그리고 배준영이 출전해서 안정된 수비를 펼쳤다면, 실책의 도미노는 발생하지 않았을 겁니다. 또, 조던 픽스가 계속 눈부신 호투를 이어나가면서 경기 양상은 전혀 다르게 흘러갔을 겁니다."

커다란 댐이 무너지는 원인은 작은 균열 때문이었다.

만약 청우 로열스 수비진이 흔들리며 도미노처럼 실책을 남발하지 않았다면?

이용운의 말처럼 컨디션이 좋았던 조던 픽스는 계속 호투를 이어나갔을 것이었고, 5차전 경기 양상은 달라졌을 가능성이 충분했다.

"그러나 한창기 감독은 제 조언을 무시했죠. 그로 인해 청우 로열스는 한국시리즈 5차전까지 패하면서 벼랑 끝에 섰습니다. 그럼 6차전에서는 달라질까요? 만약 특단의 조치가 없다면 청우 로열스는 또다시 자멸하면서 통합 우승을 놓치게 될 확률이 높습니다. 시리즈 전적이 2-3으로 바뀌면서 청우 로열스 선수들은 더욱 조급해졌으니까요."

박건이 천천히 고개를 끄덕였다.

시리즈 전적이 2-2가 됐을 때, 박건은 다시 원점으로 돌아왔다고 생각했다.

즉, 유불리가 없는 상황이라고 판단했던 것이었다.

그렇지만 다른 팀원들의 생각은 달랐다.

2승을 먼저 거뒀다가 2패를 당하면서 분위기가 우송 선더스 쪽으로 넘어갔다.

이제 쫓기는 것은 청우 로열스다.

이런 생각을 갖고 있었기 때문에 청우 로열스 선수들은 5차전에서 평정심을 잃고 실책을 쏟아내며 자멸했던 것이었다.

그런데 이제는 시리즈 전적이 2-3으로 바뀌어 있었다.

청우 로열스 선수들의 마음은 더욱 초조하고 조급할 터.

한국시리즈 6차전에서도 평정심을 잃고 실책을 남발하면서 자멸할 가능성이 더 커진 셈이었다.

'어떻게 해야 하지?'

팀 분위기라는 것은 박건 혼자서 바꿀 수 있는 부분이 아니었다.

그로 인해 박건이 답답함을 느끼고 있을 때, 이용운의 말이 이어졌다.

"자, 이제 한 경기만 더 패하면 청우 로열스의 통합 우승은 물
건너갑니다. 계속 여유를 부리고 있을 때가 아니란 뜻이죠. 혹
시 송이현 단장이 이 방송을 듣고 있다면, 방송이 끝나는 대로
한창기 감독을 찾아가세요. 그리고 한창기 감독을 찾아가서 이
렇게 전하세요. 계속 똥고집 부리면서 명장 코스프레를 하면 후
회할 거라고."

'정말⋯ 찾아갈까?'

송이현 단장은 '독한 야구' 신봉자였다.

또, 청우 로열스의 통합 우승에 대한 열망이 강했다.

'그런 송이현 단장이라면?'

'독한 야구'를 듣고 난 후, 진짜 한창기 감독을 찾아갈 수도 있
다는 생각을 했을 때, 이용운의 이야기가 이어졌다.

"그리고 이 이야기를 꼭 전해주세요. 청우 로열스가 가장 좋
았던 순간으로 돌아가라고, 또 비밀 병기를 너무 아끼다가는 똥
되는 법이라고."

*　　　　*　　　　*

갓 튀겨져 나온 치킨에서는 식욕을 자극하기에 충분한 고소
한 냄새가 풍겼다.

아까 한 모금 마셨던 생맥주는 무척 시원했고 목 넘김도 상쾌
했다.

그럼에도 불구하고 한창기는 못마땅한 표정을 지었다.

'지금 치맥이나 하고 있을 때인가?'

이런 생각이 자꾸 들어서였다.

한국시리즈 3차전과 4차전에 이어서 5차전까지 패하면서, 청우 로열스는 벼랑 끝에 몰려 있었다.

하루 앞으로 다가온 6차전에서 청우 로열스가 승리할 수 있는 묘책을 찾기에도 시간이 빠듯한 상황이었다.

그런데 송이현 단장은 다짜고짜 치맥을 하자며 자신을 불러냈다.

그래서 한창기가 맞은편에 앉아 있는 송이현 단장을 못마땅하게 바라볼 때였다.

"바쁘시죠?"

송이현 단장이 생맥주를 한 모금 마신 후 물었다.

"네, 무척 바쁩니다."

한창기가 불퉁한 목소리로 대꾸하자, 송이현이 다시 물었다.

"뭐 때문에 바쁘세요?"

'그걸 질문이라고 하는 거야?'

이렇게 버럭 소리를 지르고 싶은 것을 꾹 참고 한창기가 대답했다.

"청우 로열스가 한국 시리즈 6차전에서는 승리할 수 있도록 묘책을 찾아내야 하기 때문에 바쁩니다."

"그래서 묘책을 찾으셨어요?"

"아직… 못 찾았습니다."

한창기가 잠시 머뭇거리다가 솔직하게 대답했다.

머리에 쥐가 날 정도로 계속 고민했음에도 불구하고 아직까지 한국시리즈 6차전에서 청우 로열스가 승리를 거둘 수 있는 묘책을 찾아내지 못한 상황이었다.

그때, 송이현이 불쑥 말했다.

"그럼 힘들게 찾지 마세요."

"네?"

"제가 대신 묘책을 찾아냈으니까요."

한창기가 막 입으로 가져갔던 생맥주 잔을 다시 내려놓았다.

"그게 무슨 말씀이십니까?"

"방금 말씀드린 그대로예요. 제가 감독님 대신 묘책을 찾아왔습니다."

송이현이 재차 확인해 주었지만, 한창기는 그녀의 말을 곧이 곧대로 믿기 어려웠다.

그녀가 청우 로열스 팀의 단장이긴 하지만, 야구에 대해서 잘 아는 전문가는 아니었기 때문이었다.

"제임스 윤이 묘책을 알려줬습니까?"

그래서 한창기가 눈살을 찌푸린 채 묻자, 송이현이 고개를 흔들었다.

"그건 아니에요. 제임스를 못 믿거든요. 대신 제가 가장 신뢰하는 사람이 한국시리즈 6차전에서 승리할 수 있는 묘책을 알려줬어요."

"그게 누굽니까?"

"나도 몰라요."

"네?"

"직접 만난 적이 없으니까요."

"……?"

"그렇지만 무척 능력이 뛰어난 분이에요. 지금까지 했던 예측들이 거의 대부분 적중했었거든요."

처음에는 말장난을 치는 것이라 생각했다.

그렇지만 송이현의 표정이 무척 진지하다는 것을 확인하고 한창기의 생각이 바뀌었다.

"그 묘책이 무엇인지 어디 한번 들어나 보죠."

"우선 청우 로열스가 가장 좋았던 시절로 회귀하라고 했어요."

"청우 로열스가 가장 좋았던 시절로 회귀하라?"

"네. 그게 언제인지는 굳이 말씀드리지 않더라도 감독님도 알고 계시겠죠?"

'대승 원더스에게 스윕을 거두었던 정규시즌 막바지.'

한창기가 얼마 지나지 않아 찾아낸 답이었다.

그때 송이현의 말이 이어졌다.

"그리고 비밀 병기를 적극적으로 활용하라고 하더군요."

"비밀 병기라면?"

"차윤수, 그리고 투수 박건."

"하지만……."

한창기가 난색을 표했다.

차윤수와 투수 박건이 청우 로열스의 비밀 병기라는 사실은 맞았지만, 활용할 기회가 자주 찾아오지 않았다.

그들의 보직이 불펜투수였기 때문이었다.

경기 중에 앞서거나 접전 상황일 때 필승조에 속한 불펜투수들의 활용도가 극대화되는 법이었다.

그러나 지난 3차전부터 5차전까지 청우 로열스는 선발투수들이 일찌감치 무너졌다.

그래서 필승조에 속한 두 투수를 활용할 기회가 마땅치 않았다. 그리고 6차전에서도 비슷한 상황이 전개될 가능성은 충분했다.

그때, 송이현이 다시 말했다.

"내일은 없다."

"……?"

"한국시리즈 7차전은 생각하지 마라. 6차전을 잡아내는 데만 집중해라. 그분이 이렇게 조언하더군요."

한창기가 두 눈을 빛냈다.

6차전에서 총력전을 펼쳐서 승리를 거둔다고 해도 총력전의 후유증으로 인해 7차전에서는 어려움을 겪을 수밖에 없다.

지금까지 이런 생각을 갖고 있었기 때문에 경기 운영의 묘를 구상하는 데 어려움을 겪었다.

그런데 7차전을 염두에 두지 않는다면?

의외로 상황이 간단해지며 헝클어졌던 머릿속이 가벼워졌다.

"혹시… 또 있습니까?"

"하나 더 있습니다."

"뭐죠?"

"시즌 전에 감독님이 했던 구상을 잊지 말라고 하더군요."

'시즌 전에 내가 했던 구상이라면… 불펜야구.'

한창기가 불펜야구를 떠올렸지만, 이내 표정이 어둡게 변했다.

불펜야구를 펼칠 상대가 하필 우송 선더스였기 때문이었다.

10개 구단 가운데 가장 불펜진이 두터운 팀이 바로 우송 선더스였다.

그런 우송 선더스를 상대로 불펜야구로 맞불을 놓는 것은 무리수란 계산이 든 것이었다.

"지금 무슨 생각을 하고 계신지 제가 맞춰볼까요?"

"네?"

"우송 선더스의 불펜진이 청우 로열스보다 훨씬 더 두텁다. 그런데 불펜야구를 펼쳐서 승산이 있을까?"

"……"

"이런 생각을 하셨죠?"

"어떻게… 알았습니까?"

"그분이 알려줬습니다."

'대체 누구지?'

송이현이 말한 그분이 대체 누군지 호기심이 치밀었을 때였다.

"야구는 생물이다. 그래서 항상 변한다. 장점이 계속 장점으로 남지 못하고, 단점도 계속 단점으로만 남지 않는다."

"그 말씀은……"

"이렇게 말하면 감독님이 알아들을 거라고 하던데요."

*　　　　*　　　　*

'선입견을 갖지 마라.'

방금 송이현 단장이 꺼낸 말에 숨은 의미.

한창기가 미처 생각하지 못했던 부분이었다.

'왜 그 생각을 못 했지?'

해서 한창기가 자책하고 있을 때였다.

"우승시키세요."

송이현이 지시했다.

"저도… 그러고 싶습니다."

약체로 평가받던 청우 로열스는 올 시즌 정규시즌 우승을 차지했다.

이것만으로도 충분히 이변이었고, 자신의 지도력에 대한 재평가가 이뤄졌다.

그런데 만약 한국시리즈에서 우송 선더스를 꺾고 청우 로열스가 통합 우승까지 차지하게 된다면?

자신의 지도력은 더 높은 평가를 받게 될 터였다.

그래서 어느 누구보다 한창기는 청우 로열스의 통합 우승을 바랐다.

그러나 문제는 그게 쉽지 않다는 점이었다.

해서 한창기가 짤막한 한숨을 내쉬었을 때였다.

"만족하지 마세요."

송이현이 한창기를 응시하며 말했다.

'내 마음을 읽었다?'

그 이야기를 들은 순간, 한창기가 움찔했다.

'이 정도면 선전한 게 아닐까?'

약체 청우 로열스를 맡아서 정규시즌 우승을 차지했으니, 설령 통합 우승을 놓치더라도 괜찮은 시즌이었다.

한창기가 6차전에서 승리할 묘책을 찾아내지 못해서 힘들어

할 때, 불쑥 들었던 생각이었다.

그런데 송이현은 마치 그런 한창기의 속내를 읽기라도 한 것처럼 만족하지 말라고 경고한 것이었다.

"그리고… 안심하지도 마세요."

잠시 후, 송이현이 덧붙인 경고를 들은 한창기가 고개를 갸웃했다.

제대로 말뜻을 이해하기 어려웠기 때문이었다.

"무슨 뜻입니까?"

그래서 한창기가 묻자 송이현이 대답했다.

"감독직을 말씀드린 것입니다. 만약 청우 로열스가 통합 우승을 차지하지 못한다면 감독님을 경질할 거니까요."

"방금… 경질이라고 하셨습니까?"

"네, 제대로 들으셨어요."

한창기가 갈증을 느끼고 생맥주 잔을 들어 벌컥벌컥 들이켰다.

'이게 말이 되는 소리야?'

한창기가 이끈 청우 로열스는 정규시즌 우승을 거뒀다.

시즌 개막 전 최약체로 분류됐던 청우 로열스였기에 더욱 의미가 있었던 성과.

게다가 한창기는 3년 계약을 맺었고 올해가 첫 시즌이었다.

그런데 송이현 단장은 청우 로열스가 이번 시즌에 통합 우승을 차지하지 못한다면 자신을 경질하겠다고 선언했다.

한국프로야구 역사상 정규시즌 우승을 차지하는 성과를 만들어낸 감독이 경질당한 케이스는 존재하지 않았다.

그래서 한창기가 불신 어린 시선을 던지며 물었다.

"진심… 이십니까?"

"물론 진심입니다."

"단장님, 아무리 야구를 모른다고 해도……."

"네, 저는 야구를 잘 모릅니다. 그건 인정하겠습니다. 그래서 저는 저만의 방식으로 야구에 접근하고 있습니다."

"어떤 방식입니까?"

"비즈니스적인 관점이죠. 난 청우 로열스가 충분히 통합 우승을 차지할 수 있는 전력을 갖추고 있다고 생각합니다. 그런데 팀을 이끄는 감독이 팀 내 좋은 자원을 활용하지 못하는 무능함을 드러냈습니다. 그래서 통합 우승을 차지할 수 있는 절호의 기회를 놓쳤다면, 어떻게 해야 할까요?"

"그건……."

"저는 감독을 교체하는 것이 맞다고 생각합니다."

'진심… 이다.'

송이현은 야구를 몰랐기에 비즈니스 개념으로 야구에 접근하고 있다고 밝혔다.

'하긴 날 청우 로열스의 감독으로 선임한 것부터 정상적이지는 않았지.'

한창기가 생맥주 잔을 입으로 가져가며 생각했다.

송이현 단장이 한창기를 청우 로열스의 새 감독으로 영입하겠다고 발표했을 당시, 청우 로열스 팬들은 거세게 반발했다.

심원 패롯스 감독을 맡아서 실패했던 커리어 때문이었다.

그렇지만 송이현 단장은 팬들의 거센 반대를 무릅쓰고 자신을 청우 로열스 신임 감독으로 선임했었다.

"제가 왜 한창기 감독님을 청우 로열스의 신임 감독으로 선임하기로 결정한 줄 알고 계십니까? 제임스 윤의 추천이 결정적인 역할을 하긴 했지만, 또 다른 이유도 있습니다. 바로 저비용 고효율을 낼 수 있는 적임자라고 판단했기 때문입니다."

저비용 고효율.

송이현 단장이 추구하는 구단 운영 철학이었다.

단순히 구호로만 그치지 않았다.

박건, 임건우, 배준영, 송성문까지.

그녀는 저비용으로 영입해서 고효율을 낼 수 있는 선수들을 꾸준히 영입하면서 스스로가 밝힌 구단 운영 철학을 지켜냈다.

'비즈니스적인 관점으로 야구에 접근하는 송이현 단장의 방식, 그리고 기존의 야구 공식에 얽매이지 않는 그녀의 자유분방함을 감안한다면, 청우 로열스가 통합 우승을 차지하지 못했을 때 진짜 날 경질할 수도 있어.'

거기까지 생각이 미친 순간, 가슴이 콱 하고 막혔다.

쿨럭. 쿨럭.

그로 인해 사레에 걸린 한창기가 연신 기침하고 있을 때, 송이현이 물었다.

"한국시리즈 7차전은 열리겠죠?"

*　　　*　　　*

〈청우 로열스 선발 라인업〉

1번. 고동수.

2번. 임건우.

3번. 양훈정.

4번. 박건.

5번. 앤서니 쉴즈.

6번. 백선형.

7번. 배준영

8번. 이필교.

9번. 김천수.

Pitcher. 송성문.

한국시리즈 6차전을 앞두고 한창기 감독이 발표한 선발 라인업을 확인한 이용운이 만족스러운 목소리로 평가를 내렸다.

"송이현 단장이 역시 똑 부러지게 일 처리를 잘하는구나."

"송 단장님 칭찬도 다 하시고, 내일은 해가 서쪽에서 뜨겠네요.

"나도 칭찬할 만할 때는 칭찬한다."

"그런데 왜 그동안 저한테는 칭찬을 그렇게 아끼셨어요?"

"내가 칭찬할 정도로 후배가 잘한 게 별로 없거든."

"쩝."

본전도 찾지 못한 박건이 입맛을 다셨을 때였다.

"대체 어떻게 협박했길래 명장병 말기였던 데다가 멘탈까지 나갔던 한창기 감독이 정신을 차렸을까?"

이용운이 호기심을 드러냈다.

"한창기 감독님이 정신을 차린 게 맞습니까?"

"보고도 모르겠느냐? 우선 구창명이 선발 라인업에서 빠졌고, 배준영이 다시 선발 라인업에 복귀했다. 그리고 후배가 4번 타순에 포진됐지 않느냐?"

이용운의 대답을 듣던 박건이 반색했다.

"역시 절 인정하시는 거군요."

"그건 아니다."

"그럼?"

"후배를 인정하는 게 아니라 비교 우위일 뿐이지."

"비교 우위라면?"

"기중에 가장 낫다는 뜻이다. 딱 까놓고 말해서 청우 로열스 타자들 가운데 한국시리즈에서 제 몫을 하고 있는 게 누가 있느냐?"

이용운의 지적대로였다.

특히 4번 타자 앤서니 쉴즈를 비롯한 중심타선의 부진은 심각한 수준이었다.

"진짜 경질한다고 협박이라도 했나?"

그때, 이용운이 불쑥 말했다.

"누굴 경질한다는 겁니까?"

"누구긴 누구야, 명장병 말기 환자인 한창기 감독이지."

"그건 말도 안 되죠."

"왜 말도 안 된다는 것이냐?"

"청우 로열스는 정규시즌 우승 팀입니다. 그런데 약체로 평가받던 청우 로열스를 이끌고 정규시즌 우승을 차지한 한창기 감독님을 경질하는 것은 말이 안 되는 일이죠."

"청우 로열스가 우승한 게 한창기 감독이 잘해서냐?"

"꼭 그렇다고 말하긴 어렵지만……."

"송이현 단장도 청우 로열스가 통합 우승을 차지하지 못한다고 하더라도, 한창기 감독을 진짜 경질하진 않을 것이다."

"그럼 왜……?"

"제발 정신 좀 차리라고 협박을 한 거지. 그리고 그 협박이 통한 것 같다. 한창기 감독은 절충안을 찾아냈으니까."

"절충안이라면?"

"배준영을 복귀시키면서 청우 로열스가 가장 좋았던 당시의 선수들로 선발 라인업을 채웠다. 그리고 침체된 타선을 살릴 수 있는 방법에 대해서 한창기 감독은 고심을 거듭한 끝에 타순에 큰 변화를 주는 것을 택했다."

박건이 비로소 말뜻을 이해했을 때, 이용운이 덧붙였다.

"결국은 분위기 싸움이다. 어느 팀이 경기 초반 분위기를 잡느냐에 따라서 6차전 승부가 갈릴 것이다."

*   *   *

송성문 VS 노강원.

한국시리즈 6차전, 양 팀 감독이 내세운 선발투수들이었다.

청우 로열스는 예상대로 2차전에 선발투수로 출전해서 호투했던 송성문을 6차전 선발투수로 낙점했다.

반면 우송 선더스는 새 얼굴이 등장했다.

2차전에 선발투수로 출전했던 필립 스미스가 발목 부상을 당한 후 완쾌되지 않았기 때문에 올 시즌 팀의 5선발로 활약했던 노강원이 한국시리즈 6차전 선발투수라는 중책을 맡게 된 것이었다.

*　　　　*　　　　*

0—0.

균형을 이룬 채 진행되던 경기에서 먼저 득점 찬스를 잡은 것은 우송 선더스였다.

4회 초 우송 선더스의 선두타자인 임병모는 송성문을 상대로 풀카운트 승부 끝에 볼넷을 얻어내 출루했다.

무사 1루에서 타석에 들어선 3번 타자 조우종은 한국시리즈에서 절정의 타격감을 과시하고 있었다.

그런 그의 좋은 타격감은 6차전에서도 이어졌다.

슈악.

따악.

조우종은 송성문의 4구째 커브를 제대로 받아쳐 투수의 곁을 빠르게 스치고 지나가는 중전안타를 때려냈다.

무사 1, 2루로 바뀐 상황.

타석에는 우송 선더스의 4번 타자인 빅터 스마일이 등장했다.

그 순간, 박건이 더그아웃 쪽을 힐끗 살폈다.

선제 실점을 허용할 위기에 처한 청우 로열스 더그아웃은 분주하게 변해 있었다.

초조해서일까.

한창기 감독은 자리에 앉아 있지 못하고 벌떡 일어서서 경기를 지켜보고 있었다.

"늦다."

그때, 이용운이 못마땅한 목소리로 말했다.

"투수 교체 타이밍이란 뜻입니까?"

"맞다. 그렇지만 한창기 감독은 미련 때문에 교체 타이밍을 놓쳤지."

"미련… 이요?"

"아직 경기 초반이니까 조금 더 버텨줄 수 있지 않을까? 베테랑답게 스스로 위기를 넘길 수 있지 않을까? 한창기 감독은 송성문에게 이런 미련을 갖고 있다. 그렇지만 헛된 미련일 뿐이지."

"왜 헛된 미련이란 겁니까?"

트레이드를 통해 청우 로열스에 합류한 후, 송성문의 활약은 말 그대로 눈부셨다.

라이언 벤슨을 대신해 선발투수 한 자리를 꿰찬 후, 경기에 출전할 때마다 호투를 펼쳐서 청우 로열스가 승리할 수 있는 발판을 마련해 주었다.

만약 정규시즌 후반기에 송성문의 활약이 없었다면, 청우 로열스의 정규시즌 우승을 불가능했을 것이었다.

그리고 한창기 감독 역시 이런 송성문의 활약에 대해서 잘 알고 있었다.

그래서 송성문에 대한 믿음을 갖고 기다리는 것이리라.

"송성문은 지쳤거든."

그러나 이용운의 의견은 달랐다.

한창기 감독이 갖고 있는 송성문에 대한 믿음을 미련이라고
폄하했다.

'지쳤다?'

박건이 마운드 쪽으로 고개를 돌렸다.

그런 박건의 눈에 들썩이는 송성문의 너른 등이 보였다.

"나이는 속일 수 없다."

이용운이 덧붙인 이야기가 박건의 가슴에 와닿았다.

생각만큼 구위가 좋지 않기 때문일까.

연신 고개를 갸웃거리고 있는 송성문을 향해 박건이 안타까
운 시선을 던지고 있을 때였다.

"한창기 감독은 헛된 미련을 품은 것으로 인한 대가를 치르
게 될 것이다."

이용운이 예언자처럼 말했다.

그런 이용운의 예측은 적중했다.

슈악.

송성문이 빅터 스마일을 상대로 던진 초구는 바깥쪽 슬라이더.

바깥쪽 낮은 스트라이크존을 걸치며 통과하는 슬라이더의 제
구는 완벽에 가까웠다.

따악.

그러나 빅터 스마일은 송성문이 초구로 바깥쪽 슬라이더를
던질 것을 예측한 듯 힘껏 배트를 돌렸다.

배트 중심이 아닌 끝부분에 걸린 타구였지만, 빅터 스마일은
힘이 장사였다.

3루수의 키를 훌쩍 넘긴 타구는 라인 선상 근처로 날아갔다.

"기다리지 마."

맹렬히 타구를 쫓던 박건에게 이용운의 외침이 들렸다.

그 외침을 들은 박건이 잠시의 머뭇거림도 없이 라인 선상 안쪽에 떨어지는 타구를 잡기 위해 몸을 던졌다.

툭.

박건이 쭉 내밀면서 벌린 글러브 속으로 타구가 들어왔다.

데구르르.

그러나 글러브를 닫는 것이 조금 늦었다.

글러브에 들어갔던 타구가 빠져나와 바닥을 구르는 것을 확인한 박건이 안타까운 기색을 드러냈을 때였다.

"후속 플레이에 집중해."

이용운의 외침을 들은 박건이 정신을 차리고 재빨리 공을 집어 들며 일어난 후 루상의 주자들을 살폈다.

박건이 노바운드로 타구를 잡을 거라 예상했기 때문일까.

귀루를 염두에 두었던 2루 주자가 스타트를 끊은 타이밍이 늦어졌다.

막 3루 베이스에 도착한 2루 주자는 홈으로 파고들지 못하고 멈춰 섰다.

'실점을 허용하지 않았다.'

안도의 한숨을 박건이 내쉬었을 때, 이용운이 말했다.

"무능한 감독 때문에 애꿎은 후배만 고생하는구나."

제8장

'타구를 노바운드로 잡아냈다면 최상의 결과였겠지만, 이 정도도 나쁘지 않다. 아니, 엄청난 호수비였다.'

이용운이 안도의 한숨을 내쉬었다.

만약 박건이 타구를 향해 달려들며 모험적인 수비를 하지 않고 그냥 기다렸다면?

2루 주자가 홈으로 파고드는 것을 막을 수 없었다. 그리고 선제 실점을 허용하게 됐을 것이었다.

그래 봐야 고작 한 점일 뿐이지 않느냐?

모험적인 수비를 하는 것보다 오히려 안전한 수비를 택하는 것이 더 옳은 판단이었던 게 아니냐?

이런 반론을 가진 사람도 분명히 존재할 수 있었다.

실제로 박건이 방금 전 펼친 모험적인 수비는 큰 위험성을 내

포하고 있었다.

글러브가 타구에 미치지 못해서 뒤로 빠뜨렸다면, 2루 주자는 물론이고 1루 주자도 홈으로 파고들며 실점이 더 늘어날 수도 있었기 때문이었다.

그럼에도 불구하고 이용운은 박건에게 모험성이 짙은 수비를 하라고 지시했다.

그 이유는 선취점을 빼앗기지 않는 것이 무척 중요했기 때문이었다.

한국시리즈 6차전에서도 우송 선더스에 선취점을 빼앗긴다면?

가뜩이나 분위기가 가라앉은 청우 로열스 선수들은 와르르 무너질 가능성이 높았다.

그래서 선취점을 빼앗기지 않는 것이 가장 중요하다고 판단한 이용운은 박건의 주력과 운동신경을 믿고 모험을 했던 셈이었다.

결과적으로 그 모험은 성공했다.

비록 아웃카운트를 잡아내는 데는 실패했지만, 우송 선더스에게 선취점을 빼앗기지는 않았으니까.

가까스로 실점 위기를 넘긴 순간, 한창기 감독이 더그아웃을 박차고 나왔다.

투수 교체를 단행하기 위해서 마운드로 걸어 올라가는 한창기 감독을 매섭게 노려보던 이용운이 결국 참지 못하고 쏘아붙였다.

"내가 감독을 해도 너보다는 낫겠다."

*　　　　　*　　　　　*

가까스로 실점을 허용하지는 않았지만, 실점 위기는 여전히 계속되고 있었다.

무사만루.

절체절명의 위기에서 송성문의 뒤를 이어 마운드에 오른 것은 차윤수였다.

"비밀 병기가 등장했네요."

연습 투구를 하는 차윤수를 바라보며 박건이 말했다.

"아끼다 똥 될 뻔했던 청우 로열스의 비밀 병기가 등장하긴 했구나."

"비밀 병기가 위력을 발휘할까요?"

"분명히 위력을 발휘할 것이다."

이용운이 확신에 찬 목소리로 대답하는 것을 들은 박건이 물었다.

"어떻게 그렇게 확신하시는 겁니까?"

"푹 쉬어서 공에 힘이 있거든."

차윤수는 부상으로 인해 꽤 오랫동안 전력에서 이탈했다. 그리고 청우 로열스가 정규시즌 우승을 차지하면서 휴식 시간이 길어졌다.

한국시리즈 1차전에 등판하긴 했지만, 1이닝만 책임졌다.

공에 힘이 있는 것이 당연했다.

그사이 연습 투구를 마친 차윤수가 5번 타자 장민섭을 상대했다.

슈아악.

차윤수는 초구로 바깥쪽 직구를 던졌다.

"스트라이크."

주심이 스트라이크를 선언한 순간, 박건이 고개를 돌려서 전광판을 살폈다.

149km.

충분한 휴식을 취한 데다가 무사만루라는 절체절명의 실점 위기에서 마운드에 오른 차윤수는 힘을 아끼지 않고 전력투구를 펼쳤다.

150㎞에 육박하는 직구의 구속을 확인한 박건이 두 눈을 빛냈다.

'쉽게 공략하기 어려워.'

바깥쪽 낮은 코스로 완벽하게 제구된 빠른 직구를 공략하는 것은 타격감이 좋은 장민섭이라고 해도 쉽지 않았다.

그리고 2구째.

슈아악.

차윤수는 또 한 번 바깥쪽 직구를 선택했다.

148㎞의 구속을 기록한 직구는 초구와 같은 바깥쪽 낮은 코스를 통과했고, 장민섭은 이번에도 배트를 내밀지 못했다.

"스트라이크."

노 볼 2스트라이크.

카운트가 불리하게 몰리며 급해진 것은 장민섭이었다. 그리고 차윤수는 장민섭의 쫓기는 심리를 이용했다.

슈악.

차윤수의 손을 떠난 3구째 공이 타자의 바깥쪽 코스로 파고 들었다.

그렇지만 이번에는 직구가 아니라 싱커였다.

딱.

바깥쪽 직구를 의식하고 배트를 휘둘렀던 장민섭은 맞추는 데 급급했다.

배트 중심이 아니라 하단에 걸린 빗맞은 땅볼타구는 유격수 쪽으로 굴러갔다.

앞으로 대시하며 타구를 잡아낸 배준영의 선택은 홈승부였다.

"아웃."

3루 주자가 홈에서 아웃된 순간, 박건은 못내 아쉬움을 느꼈다.

'홈승부가 아니라 2루로 송구했다면 더블플레이로 연결할 수 있지 않았을까?'

이런 생각이 들어서였다.

그러나 이용운의 판단은 달랐다.

"괜히 베테랑이 아니구나."

상기된 목소리로 배준영을 칭찬했다.

"더블플레이를 노리는 게 더 낫지 않았을까요?"

박건이 참지 못하고 질문하자, 이용운이 단호한 목소리로 대답했다.

"홈승부를 하는 게 맞았다."

"하지만……."

"내가 오늘 경기에서 가장 중요한 게 뭐라고 했지?"

"경기 초반 분위기 싸움이라고 했습니다."

"그래. 경기 초반 분위기가 중요해. 그리고 우송 선더스에게 분위기를 넘겨주지 않기 위해서는 선취점을 허용하면 절대 안 돼. 그걸 배준영도 베테랑답게 알고 있기 때문에 홈승부를 펼친 것이었다. 만약 구창명이 유격수로 출전했다면, 2루로 송구해서 더블플레이를 노렸을 거야. 그럼 선취점도 허용하고, 더블플레이도 성공시키지 못하면서 완전히 분위기를 넘겨줬을 거야. 아니, 우승을 넘겨줬다고 해도 과언이 아니지."

이용운이 상기된 목소리로 꺼낸 이야기를 다 들은 후, 박건이 수긍한 표정으로 천천히 고개를 끄덕였다.

장민섭이 때린 땅볼타구는 빗맞았기에 타구 속도가 느렸다. 그리고 타자주자인 장민섭은 발이 빠른 편이었다.

배준영이 더블플레이를 노리고 2루로 송구했다고 하더라도, 타자주자인 장민섭을 1루에서 아웃시킬 수 있었는가 여부는 확실치 않았다.

홈승부를 펼쳐서 확실하게 아웃카운트를 늘리고, 선취점을 허용하지 않은 배준영의 선택이 옳았다는 생각이 들었다.

그때, 이용운이 덧붙였다.

"지금이 오늘 경기의 첫 번째 승부처다."

*   *   *

실점 없이 아웃카운트 하나를 잡아냈지만, 아직 위기는 끝이 아니었다.

1사 만루 상황에서 타석에는 6번 타자 유호가 등장했다.

유호가 타석에 선 순간, 청우 로열스 내야 수비진의 위치가 변했다.

3루수 양훈정과 1루수 앤서니 쉴즈가 스퀴즈번트를 대비해 극단적인 전진수비를 펼치기 시작했다.

'스퀴즈는 없다.'

수비 시프트가 걸려 있는 것을 확인하고서도 우송 선더스 장정훈 감독이 스퀴즈 작전을 펼칠 확률은 낮다고 박건이 판단했다.

그런 박건의 예상은 적중했다.

슈아악.

"스트라이크."

차윤수가 던진 바깥쪽 직구를 유호는 그냥 지켜보기만 했다.

그리고 2구째.

슈악.

차윤수가 던진 싱커를 유호가 퍼 올렸다.

딱.

타이밍은 정확했다.

그렇지만 배트 중심이 아닌 상단에 걸린 타구는 멀리 뻗지 못했다.

박건이 일찌감치 낙구 지점을 예측하고 미리 도착해서 포구를 위해 기다렸다.

'뛸까?'

3루 주자가 태그업을 시도해서 홈승부를 하기에는 타구가 얕은 편이었다.

탁.

박건이 타구를 잡아내며 3루 주자의 움직임을 살폈다.

타구가 글러브 속으로 들어온 순간, 3루 주자는 스타트를 끊었다.

그 모습을 확인한 박건이 힘껏 홈으로 송구했다.

쉬이익.

강한 홈송구가 김천수가 앞으로 내밀고 있던 미트에 노바운드로 정확하게 도착했다.

그렇지만 홈승부는 이뤄지지 않았다.

3루 주자가 홈으로 파고드는 것을 포기하고 다시 3루로 돌아갔기 때문이었다.

'아쉽다.'

홈승부가 이뤄지지 않은 것을 확인한 박건이 아쉬운 기색을 못내 감추지 못하고 드러냈다.

만약 3루 주자가 태그업을 시도한 후 멈추지 않고 그대로 홈으로 파고들었다면, 아웃 타이밍이었기 때문이었다.

"아쉬워할 필요 없다. 후배의 강한 어깨가 실점을 막았으니까. 이제 아웃카운트 하나만 더 잡아내면 실점 위기를 넘길 수 있다."

2사 만루로 상황이 바뀐 순간, 타석에는 7번 타자 조일장이 들어섰다.

하위타순에 포진해 있었지만, 조일장은 한국시리즈가 시작된 후 우송 선더스에서 가장 타격감이 좋은 선수였다.

그 사실을 알기 때문일까.

차윤수는 조일장을 상대로 긴장의 끈을 놓지 않고 전력투구를 했다.

슈악.

차윤수가 던진 초구는 몸쪽 커브였다.

직구와 싱커.

마운드에 올라온 후 두 타자를 상대로 차윤수가 사용한 구종은 두 가지뿐이었다.

그래서 지금껏 보여주지 않았던 커브가 들어오자, 조일장은 배트를 휘두르다가 도중에 멈추었다.

타격감이 좋기 때문일까.

조일장이 스윙을 하던 도중에 멈춘 배트는 돌지 않았다.

"스트라이크."

그렇지만 주심은 스트라이크존을 통과했다고 판단했다.

슈아악.

2구는 몸쪽 직구.

조일장은 기다렸다는 듯이 힘껏 배트를 돌렸다.

따악.

경쾌한 타격음이 흘러나온 순간, 박건이 움찔했다.

3루수의 키를 넘긴 타구는 라인 선상 근처로 향했다.

'나가라. 제발 나가라.'

타구를 좇던 박건이 속으로 외쳤다.

그런 박건의 간절한 바람이 통했을까.

조일장이 때린 타구는 라인 선상을 살짝 벗어났다.

"파울."

3루심이 페어가 아닌 파울임을 선언한 순간, 박건이 안도의 한숨을 내쉬었다.

'위험했어.'

타격감이 최상인 조일장을 상대로 2구 연속 몸쪽 공을 던진 것은 분명히 위험한 볼배합이었다.

그러나 박건과 달리 마운드에 서 있는 차윤수는 당황한 기색이 아니었다.

로진백을 집어 드는 차윤수는 여전히 침착함을 유지하고 있었다.

'본인의 공에 자신이 있다.'

그런 차윤수를 살피던 박건이 내린 결론이었다.

140㎞대 후반의 구속이 나오는 몸쪽 직구가 완벽하게 제구된다면, 타자가 아무리 잘 받아쳐도 적시타를 허용하지 않는다.

이런 확신을 갖고 있기 때문에 방금 전 조일장의 잘 맞은 타구가 나왔을 때에도 평정심을 잃지 않은 것이었다.

'만약 내가 차윤수라면 3구째에 무슨 공을 던질까?'

거기까지 생각이 미친 순간, 박건이 가정했다.

잠시 후, 박건이 떠올린 것은… 몸쪽 직구였다.

초구와 2구.

차윤수는 잇따라 몸쪽 코스의 공을 구사했다. 그리고 조일장은 2구째 몸쪽 직구를 노리고 받아쳐서 하마터면 루상의 주자를 모두 불러들일 뻔했던 잘 맞은 타구를 생산해 냈었다.

"몸쪽 승부는 위험해."

조일장의 타구가 간발의 차로 파울이 됐을 때, 이용운이 우려
섞인 목소리로 던졌던 말이었다.

그러나 박건의 생각은 달랐다.

'몸쪽 승부를 해야 한다.'

타석에 선 조일장은 바깥쪽 공을 의식하지 않을 수 없었다.

게다가 2구째로 들어왔던 몸쪽 직구를 제대로 받아쳐서 주자
일소 적시타를 때려낼 뻔했던 상황.

차윤수가 더 이상 위험한 몸쪽 승부를 하지 않을 거란 계산
을 하고 있을 터였다.

박건이 몸쪽 승부를 해야 한다고 생각하는 이유는 이런 조일
장의 계산을 역으로 찌르기 위함이었다.

'어떤 공을 던질까?'

배터리인 차윤수와 김천수가 사인을 주고받다가 돌연 김천수
가 일어서서 마운드로 향했다.

'사인이 안 맞아.'

마운드로 향한 김천수와 차윤수가 귓속말을 주고받는 모습을
박건이 유심히 지켜보았다. 잠시 후, 김천수가 돌아가고 차윤수
가 와인드업을 시작했다.

'어떤 공일까?'

박건이 집중한 채 지켜보고 있을 때, 차윤수의 손에서 공이
떠났다.

슈아악.

'몸쪽 직구.'

몸쪽 직구임을 간파한 박건이 두 눈을 빛냈다.

파앙.

허를 찔렸기 때문일까.

타석에 선 조일장은 배트를 휘두르지 못했다.

너무 깊었다는 것을 주심에게 어필하듯 움찔하며 뒤로 물러
났다.

"스트라이크."

그렇지만 주심은 조일장의 제스처에 속지 않았다.

차윤수의 3구째 몸쪽 직구가 스트라이크존을 통과했다고 판
단해서 스트라이크를 선언했다.

"깊었어요."

조일장이 펄쩍 뛰면서 주심에게 항의했다.

그러나 사후 약방문일 뿐이었다.

4회 초 무사만루의 위기를 무실점으로 막아내는 데 성공한
차윤수는 주먹을 불끈 쥔 채 기뻐하며 마운드를 내려왔다.

"좋구나."

그런 차윤수를 바라보고 있을 때, 이용운이 말했다.

더그아웃으로 돌아가던 박건이 고개를 끄덕였다.

차윤수가 최고의 피칭을 펼치고 최상의 결과를 얻어낸 상황
이었기 때문이었다.

그렇지만 이용운은 차윤수를 칭찬한 것이 아니었다.

"아직 흐릿하긴 하지만, 청우 로열스의 야구가 나오기 시작

했다."

'청우 로열스의 야구가 나온다?'

박건이 그 말을 속으로 되뇌며 두 눈을 빛냈다.

"가장 좋았던 시절로 돌아가야 합니다."

이용운이 '독한 야구'에서 밝혔던 해법이었다. 그리고 청우 로열스가 연승을 달리던 가장 좋았던 시절의 야구는 탄탄한 수비와 불펜투수들의 호투를 바탕으로 실점을 최소화하고, 상위타선에서 승리에 필요한 득점을 생산해 내는 것이었다.

'진짜 청우 로열스의 야구가 나오는 건가?'

박건이 의문을 품었을 때, 이용운이 덧붙였다.

"이제 득점을 해야 할 타이밍이다."

                    *   *   *

4회 말 청우 로열스의 공격은 2번 타자 임건우부터 시작이었다.

6차전 우송 선더스의 선발투수로 출전한 노강원은 3이닝 동안 사사구 하나만 허용하면서 호투를 펼치고 있었다.

마치 혈이 막힌 것처럼 여전히 답답한 청우 로열스의 공격 흐름에는 활로가 필요했다. 그리고 그 활로를 임건우가 개척했다.

슈악.

따악.

풀카운트 승부 끝에 임건우는 1, 2루 간을 꿰뚫는 깔끔한 우전안타를 때려냈다.

'위기 뒤의 기회.'

임건우가 팀의 첫 안타를 기록한 순간, 박건이 떠올린 야구 속설이었다.

4회 초에 찾아왔던 무사만루의 위기를 차윤수의 호투 덕분에 청우 로열스는 무실점으로 막아냈다.

그러자 바로 찬스가 찾아오는 흐름이었다.

무사 1루의 찬스에서 타석에는 3번 타자 양훈정이 등장했다. 그렇지만 양훈정은 타격 부진의 늪에서 빠져나오지 못했다.

슈악.

딱.

노강원의 슬라이더를 받아친 타구는 유격수 정면으로 향했다.

타자주자 양훈정이 전력 질주 했지만, 병살타로 연결되는 것을 막을 수 없었다.

"아웃!"

1루심이 단호하게 아웃을 선언한 순간, 이용운이 못마땅한 목소리로 입을 뗐다.

"작전을 걸었어야지."

이용운은 병살타를 때린 양훈정을 비난하지 않았다.

대신 한창기 감독을 비난했다.

"양훈정은 한국시리즈에서 타격감이 최악이다. 그러니 양훈정에게 믿고 맡길 게 아니라 희생번트나 히트앤드런 같은 작전을 걸었어야 했다. 그랬다면 최소 더블아웃은 당하지 않았을 테니까. 아직 절실함이 부족해."

한창기 감독을 맹비난하던 이용운이 불쑥 말했다.

"이제 믿을 건 후배밖에 없다."

*   *   *

슈악.

틱.

배트 끝에 걸린 타구가 1루 측 더그아웃 쪽으로 굴러갔다.

간신히 커트를 해내는 데 성공한 박건은 안도의 한숨을 내쉰 반면, 노강원은 아쉬운 기색을 감추지 못하고 드러냈다.

어느덧 10구째 승부.

"무조건 승부 할 것이다."

이 승부의 결과가 중요하다는 것을 알기 때문일까.

이용운이 긴장한 목소리로 말했다.

박건의 생각도 마찬가지였다.

한창기 감독은 한국시리즈 6차전을 앞두고 타순을 조정했다.

기존 2번 타순에 포진했던 박건이 4번 타자의 중책을 맡았고, 기존 4번 타자였던 앤서니 쉴즈는 5번 타자로 출전했다.

앤서니 쉴즈도 한국시리즈에서 타격 부진에 빠져 있다고는 하나, 일발장타가 있는 힘 있는 타자였다.

루상에 주자를 두고 상대하기에는 아무래도 부담스러우니, 박건과 무조건 승부 할 가능성이 높았다.

"자꾸 당연한 말씀만 하실 겁니까?"

박건이 핀잔을 건네자, 이용운이 헛기침을 했다.

"달리… 할 말이 없다."

잠시 후, 이용운이 말했다. 그리고 이용운이 의기소침한 이유를 박건은 짐작할 수 있었다.

2차례 연속으로 구종 예측이 빗나갔기 때문이었다.

만약 박건이 집중력을 발휘하면서 커트에 성공하지 못했다면, 이미 헛스윙 삼진으로 물러났을 것이었다.

"제가 알아서 하겠습니다."

이용운의 의기소침한 목소리를 들은 박건이 힘주어 말했다.

마운드에 서 있는 노강원은 이번 6차전이 생애 첫 한국시리즈 출전이었다.

지금까지 기대 이상의 호투를 펼치고 있는 만큼, 그는 한국시리즈 선발승을 거두며 우송 선더스의 한국시리즈 우승을 확정하고 싶다는 욕심을 내고 있었다.

'여기서 더 투구수가 늘어나면?'

박건과 9구까지 이어지는 긴 승부를 펼치면서 노강원의 투구수는 급격하게 늘어나 있었다.

승리투수 요건을 갖추고, 최대한 긴 이닝을 소화하고 싶어 하는 노강원은 부지불식간에 마음이 급해져 있었다.

'실투가 나오기 딱 좋은 상황.'

박건은 수 싸움을 포기했다.

대신 노강원의 실투를 기다렸다.

슈악.

노강원이 10구째로 선택한 공은 슬라이더였다.

가운데로 몰린 실투성 슬라이더를 확인한 박건이 망설이지 않고 배트를 휘둘렀다.

따악.

묵직한 타격음이 흘러나온 순간, 박건이 1루로 전력 질주 했다.

홈런을 예상하고 타석에서 여유 있게 타구를 감상하는 설레발을 치다가 망신 아닌 망신을 당한 경험이 있었기 때문에 이번에는 전력 질주를 펼친 것이었다.

1루 베이스를 통과한 박건이 2루 베이스를 향해 내달리고 있을 때, 이용운이 말했다.

"드디어 청우 로열스가 선취점을 올렸다."

              *   *   *

와아.

와아아.

박건의 솔로홈런 덕분에 청우 로열스가 선취점을 올리는 데 성공하자, 조용하던 청우 로열스 홈구장이 달아오르기 시작했다.

천천히 그라운드를 돌아 홈베이스를 밟은 박건의 눈에 하이파이브를 하기 위해서 오른손을 높이 들어 올리고 있는 앤서니 쉴즈가 들어왔다.

그를 확인한 박건이 걸음을 멈췄다. 그리고 앤서니 쉴즈와 하이 파이브를 하는 대신 그에게 소리쳤다.

크게 콧김을 내뿜고 있는 앤서니 쉴즈를 지나친 박건이 더그아웃으로 돌아왔다.

"나이스 배팅."

"끝내주는 스윙이었습니다."

"MVP 박건."

환하게 웃으며 맞아주는 팀원들과 하이 파이브를 나누던 박건의 표정이 밝아졌다.

박건이 홈런을 때려내기 전, 스코어는 0─0이었다.

그렇지만 더그아웃 분위기는 착 가라앉아 있었다.

또 팀원들의 표정은 마치 스코어가 뒤지고 있는 것처럼 딱딱하게 굳어져 있었다.

그러나 박건의 솔로홈런이 터지면서 선취점을 올리자, 다시 팀원들의 얼굴에 미소가 떠올라 있었다.

'더그아웃 분위기가 바뀌기 시작했어.'

박건이 의자에 걸터앉아 가쁜 숨을 고르며 이용운에게 물었다.

"아까 뭐라고 했습니까?"

앤서니 쉴즈가 타석에서 거칠게 콧김을 내뿜고 있는 것을 확인한 박건이 질문하자, 이용운이 대답했다.

"별말 안 했다."

"별말 안 한 것치고는 많이 흥분했는데요?"

"밥값 좀 하라고 했다."

"그 정도면… 양호하네요."

"응?"

"저도 하고 싶었던 말이었거든요."

앤서니 쉴즈 역시 한국시리즈에서 심각한 타격 부진을 겪고 있었다.

청우 로열스의 타격 침체에는 앤서니 쉴즈의 역할도 큰 상황.

그래서 박건도 앤서니 쉴즈의 분발을 촉구하고 싶었던 참이었다.

"이제 과연 충고가 효과를 발휘할지 지켜봐야겠네요."

"아마 효과를 발휘할 것이다."

"왜 그렇게 확신하시는 겁니까?"

"앤서니 쉴즈도 위기감을 느끼고 있거든."

"……?"

"큰 경기에 약한 모습이 노출되는 건 재계약에 악영향을 미친다는 사실을 앤서니 쉴즈도 알게 됐다."

박건이 두 눈을 빛내며 물었다.

"지금까지 몰랐던 걸 갑자기 어떻게 알게 됐을까요?"

"그야… 내가 방금 알려줬으니까."

"역시 밥값 좀 하란 말이 다가 아니었네요."

박건이 픽 웃으며 입을 뗐다.

아까 앤서니 쉴즈에게 전한 이용운의 말이 꽤 길었기에 밥값 좀 하란 말이 다가 아님을 어렴풋이 짐작하고 있었던 것이었다.

"이렇게 한국시리즈가 끝나면 재계약은 물 건너갈 거라고 알려줬지. 그리고 앤서니 쉴즈도 알더구나."

"뭘요?"

"자칫 잘못하다가는 낙동강 오리알 신세가 된다는 걸 말이다."

올 시즌 앤서니 쉴즈는 미운 오리에서 백조로 탈바꿈한 케이스였다.

청우 로열스가 정규시즌 후반기에 반등에 성공하면서 우승을 차지할 수 있었던 데는 앤서니 쉴즈의 부활이 큰 역할을 했던 것을 부인할 수 없었다.

그러나 앤서니 쉴즈가 반등하는 시기가 너무 늦었다.

그로 인해 기록만 놓고 보자면 타 팀의 외국인 타자들에게 많이 뒤처지는 편이었다.

그런 상황에서 한국시리즈라는 큰 무대에서도 부진한 모습을 보이다가 우송 선더스에게 우승을 넘겨주게 된다면?

앤서니 쉴즈는 재계약이 어려울 수도 있었다.

KBO 리그에서 인상적인 모습을 보여주지 못하며 재계약에 실패한 앤서니 쉴즈는 마이너리그 계약은 물론이고 타 외국 리그로 이적하는 것도 어려울 수 있었다.

"늦게라도 알게 됐으니까 뭐라도 하겠지."

이용운의 예측은 적중했다.

앤서니 쉴즈는 타석에서 신중하게 승부 했다. 그리고 노강원의 8구째 직구를 공략해서 펜스를 원바운드로 맞추는 2루타를 때려냈다.

'추가점을 올릴 수 있을까?'

박건이 기대에 찬 시선을 던지고 있을 때, 이용운이 말했다.

"설령 추가점을 못 올리더라도 앤서니 쉴즈의 2루타는 의미가 있다. 투수 교체를 유발했으니까."

이번에도 이용운의 예측은 적중했다.

노강원이 연속으로 장타를 허용하자, 장정훈 감독이 마운드로 향했다. 그리고 아쉬운 기색이 역력한 노강원에게서 공을 빼앗았다.

"양승환이 올라오네요."

장정훈 감독은 노강원을 대신해서 양승환을 마운드에 올렸다.

그 모습을 확인한 이용운이 덧붙였다.

"불펜 싸움이 시작됐다."

*   *   *

1—0.

청우 로열스가 한 점 차로 리드를 하는 가운데 경기는 7회로 접어들었다.

4회 초 무사만루의 위기를 무실점으로 막아낸 차윤수는 5회와 6회도 실점을 허용하지 않고 버텨냈다. 그리고 7회 초에도 마운드에 올랐다.

"또 미련을 갖는구나."

7회 초에도 마운드로 올라오는 차윤수를 확인한 이용운이 못마땅한 어투로 말했다.

"한창기 감독님이요?"

"그래. 차윤수의 공이 좋다. 좀 더 길게 던지게 해도 되지 않을까? 이런 미련 때문에 투수 교체 타이밍을 또 놓쳤어."

"하지만… 윤수 선배의 구위가 좋긴 합니다."

박건이 반박했다

휴식이 길어서일까.

차윤수의 구위는 무척 좋은 편이었고, 제구도 잘되고 있었다.

게다가 오늘 경기 마운드에 올라와서 우송 선더스 타자들을 상대하는 차윤수에게는 투지가 느껴졌다.

'부채 의식.'

그런 차윤수의 투지 넘치는 피칭을 지켜보면서 박건이 떠올린 단어였다.

차윤수는 정규시즌 후반기에 타구에 맞으며 불의의 부상을 당한 탓에 전력에서 이탈했다.

순위 경쟁이 가장 치열하게 펼쳐졌던 정규시즌 후반기에 부상으로 인해 팀에 도움이 되지 못했던 것이었다.

내 부상으로 인해서 다른 불펜투수들에게 과부하가 걸렸다.

이런 부채 의식을 내심 갖고 있었기에 차윤수는 오늘 경기에서 더욱 투지를 발휘하고 있는 것일지도 몰랐다.

그렇지만 이용운의 생각은 바뀌지 않았다.

"똥인지 된장인지 꼭 찍어서 맛봐야 알 수 있는 것은 아니다."

이용운이 말을 마친 순간, 차윤수가 강영학을 상대로 초구를 던졌다.

슈아악.

따악.

바깥쪽 꽉 찬 직구에 강영학이 배트를 휘둘렀다.

정확한 타이밍에 걸린 타구는 1, 2루 간을 꿰뚫는 우전안타로 연결됐다.

'제구는 완벽했는데.'

박건이 당황한 기색을 드러냈다.

이번에도 차윤수의 제구는 완벽에 가까웠다.

그럼에도 불구하고 정타를 허용한 것이 잘 이해가 가지 않는 것이었다.

"문제는 구속이다."

그때, 이용운이 지적했다.

'구속?'

그제야 박건이 전광판 쪽으로 고개를 돌렸다.

142㎞.

전광판에 찍혀 있는 구속을 확인한 박건의 미간이 찌푸려졌다.

4회 초 무사만루 위기에서 마운드에 올라왔던 차윤수의 직구 구속은 140㎞대 후반을 기록했었다.

그런데 7회 초에도 마운드에 오른 차윤수가 방금 던진 직구 구속은 140㎞대 초반에 불과했다.

약 5㎞ 이상 구속 차이가 발생한 것이었다.

'이것 때문이었구나.'

오늘 경기에서 차윤수가 호투할 수 있었던 비결은 140㎞대 후반의 빠른 구속과 몸쪽과 스트라이크존 구석구석을 찌르는 완벽에 가까운 제구였다.

실제로 차윤수가 구사한 바깥쪽 꽉 찬 코스의 직구를 우송 선더스 타자들은 전혀 공략하지 못했다.

그러나 강영학은 조금 전 차윤수가 구사한 바깥쪽 직구를 제대로 공략해 우전안타를 빼앗아냈다.

그 이유는 차윤수의 직구 구속이 감소했기 때문이었다.

'선배님 말씀이 맞아.'

그래서 차윤수를 교체해야 한다는 이용운의 주장이 옳았다고 박건이 판단한 순간이었다.

"왜 안 나와?"

이용운이 언성을 높였다.

그 외침을 들은 박건이 더그아웃 쪽을 바라보았다.

강영학에게 안타를 허용하며 무사 1루의 위기가 찾아왔음에도 한창기 감독은 움직이지 않았다.

감독석에 앉아서 관중처럼 경기를 지켜보기만 했다.

'미련이 맞아.'

박건의 두 눈에 초조함이 깃들었을 때, 이용운이 재차 언성을 높였다.

"똥인지 된장인지 구분도 못 하는구나."

제9장

　7회 초 무사 1루의 찬스가 찾아온 순간, 우송 선더스 장정훈 감독의 선택은 희생번트였다.

　슈악.

　틱. 데구르르.

　작전 수행 능력이 뛰어난 2번 타자 임병모가 침착하게 희생번트를 성공시키면서 1사 2루로 상황이 바뀌었다.

　득점권에 주자가 나간 상황에서 타석에는 3번 타자 조우종이 들어섰다. 그리고 박건과 이용운의 우려는 현실로 바뀌었다.

　슈악.

　따악.

　차윤수가 3구째로 싱커를 구사한 순간, 조우종은 노렸다는 듯이 제대로 받아쳤다.

유격수 배준영이 몸을 던지며 타구가 외야로 빠져나가는 것을 막아보려 애썼지만, 역부족이었다.

빠른 타구가 외야로 굴러오는 것을 확인한 박건이 앞으로 대시하며 2루 주자의 움직임을 살폈다.

"타구를 처리하는 것에 집중해."

그때, 이용운이 소리쳤다.

그 지시를 들은 박건이 정신을 차렸다.

중요한 것은 2루 주자의 움직임이 아니었다.

'내가 실수만 안 하면 홈승부에서 주자를 잡아낼 수 있다.'

이런 확신이 있었기에 박건은 타구를 실수 없이 포구하는 데 집중했다.

글러브 속으로 공이 들어온 순간, 박건이 다시 2루 주자의 움직임을 살폈다.

3루 베이스를 통과한 2루 주자 강영학을 확인한 박건이 홈으로 송구하려고 했을 때였다.

"2루로 던져."

'2루로?'

여기서 실점을 허용하게 되면 어렵사리 잡은 리드가 사라졌다.

그로 인해 당황하면서도 박건의 몸은 이미 반응하고 있었다.

슈우욱.

홈이 아닌 2루로 던진 송구를 받아낸 2루수는 지체하지 않고 1루로 다시 송구했다.

홈승부가 펼쳐질 경우, 2루까지 진루하려고 준비하던 타자주자 조우종이 깜짝 놀라며 급히 귀루를 시도했다.

그러나 늦었다고 판단한 조우종은 도중에 생각을 바꿔서 다시 2루로 달려가려 했다.

청우 로열스 수비진이 런다운플레이를 펼칠 동안 발 빠른 3루 주자인 강영학이 홈으로 파고들 기회를 주기 위함이었다.

하지만 그런 조우종의 시도는 무위로 돌아갔다.

거구임에도 불구하고 앤서니 쉴즈는 주력과 순발력이 좋은 편이었다.

조우종의 런다운플레이를 이용하려는 의도를 빠르게 간파하고 역동작에 걸린 그의 등에 태그를 성공시켰다.

그리고 앤서니 쉴즈는 후속 동작도 빨랐다.

3루 주자인 강영학이 3루와 홈플레이트 중간 지점에 어정쩡하게 서 있는 것을 확인하고 지체 없이 홈으로 송구했다.

강영학이 급히 3루로 귀루를 시도할 때, 김천수가 3루로 송구했다.

쉬이익.

탁.

슬라이딩을 시도한 강영학의 손끝이 3루 베이스에 닿은 것과 송구를 받은 양훈정의 글러브가 그의 등에 닿은 것은 거의 동시였다.

"세이프."

3루심이 세이프를 선언하는 것을 확인한 박건이 아쉬움을 드러냈을 때였다.

한창기 감독이 벌떡 일어나서 더그아웃을 박차고 나와서 비디오판독을 요구했다.

잠시 후, 비디오판독을 마친 심판진은 원심을 번복했다.

"아웃."

'됐다.'

기막힌 수비로 실점 위기를 넘긴 것을 확인한 박건이 쾌재를
부를 때, 이용운도 조금 화가 누그러진 목소리로 말했다.

"계속 관중인 척했으면 진짜 확 경질시켜 버리라고 '독한 야구'
에서 말했을 거야."

*　　　*　　　*

1—0.

청우 로열스가 살얼음판 같은 리드를 유지한 채 경기는 8회
말로 접어들었다.

역전의 가능성이 충분히 남아 있는 상황.

그래서 장정훈 감독은 불펜투수들을 총동원했다.

선발투수였던 노강원의 뒤를 이어서 양승환과 윤진수가 2이
닝씩을 책임졌고, 8회 말에는 장길태가 마운드에 올라와 있었다.

2사 주자 없는 상황에서 8번 타자 이필교와 장길태가 승부를
펼치는 것을 박건이 더그아웃에서 지켜보고 있을 때였다.

"안 물어봐?"

이용운이 불쑥 물었다.

"홈송구 대신 2루로 송구하라고 지시하셨던 것이요?"

"그래."

"안 묻습니다."

"결과가 좋았으니 됐다?"

"그건 아닙니다."

"그럼?"

"이유를 압니다."

"……?"

"선배님은 제가 보지 못하는 부분을 볼 수 있으니까요."

박건이 당시의 기억을 더듬으며 대답했다.

조우종의 좌전 안타가 나왔을 때, 박건은 3루 주자의 움직임에 모든 신경이 쏠려 있었다.

그래서일까.

박건의 시야에는 3루 주자만 보였다.

그러나 이용운은 달랐다.

그가 홈으로 송구하는 대신 2루로 송구하라고 급히 지시를 내렸던 이유는 우송 선더스 3루 주루코치의 지시를 확인했기 때문일 가능성이 높았다.

박건의 어깨가 강하다는 것, 그래서 홈승부를 펼쳐서 보살을 시킨 경우가 많다는 것은 이미 전력 분석이 끝난 상황.

우송 선더스 3루 주루코치가 그걸 모를 리 없었다.

2루 주자가 발이 빠른 강영학임에도 불구하고, 3루 주루코치는 손을 들어 올려 홈승부를 막았으리라.

그 지시를 확인한 강영학이 달리던 속도를 늦추었고, 이용운은 그것을 확인했기에 홈이 아닌 2루로 송구하라는 지시를 내렸을 것이었다.

물론 그게 다가 아니었다.

이용운은 타자주자인 조우종의 위치까지 다 확인했으리라.

즉, 이용운은 박건이 미처 보지 못하고 놓친 것도 볼 수 있었다.

이것이 박건이 군말 없이 이용운의 지시를 따랐던 이유였다.

거기까지 생각이 미친 순간, 박건이 입을 뗐다.

"백지장도 맞들면 낫다."

그 속담을 꺼내자마자, 이용운이 말했다.

"표현은 정확하게 하자. 우리가 백지장을 맞들고 있긴 하지만, 내가 힘을 더 많이 쓰고 있지."

"인정합니다."

"응?"

"선배님이 더 많은 힘을 쓰고 있다는 것을요."

박건이 불퉁대는 대신 순순히 인정하자, 이용운이 당황한 기색을 드러냈다.

"왜 이래?"

"문득 그런 생각이 들었습니다."

"어떤 생각이 들었지?"

박건이 대답했다.

"선배님이 승천하지 않고 앞으로도 계속 함께했으면 좋겠다는 생각이요."

*　　　　*　　　　*

슈악.

손태민의 손을 떠난 공이 홈플레이트로 날아들었다.

부우웅.

2사 주자 없는 상황에서 대타자로 기용된 이주송의 배트가 허공을 가르고 지나갔다.

"스트라이크아웃. 경기 종료."

주심이 경기 종료를 선언한 순간, 경기를 관전하고 있던 송이현이 벌떡 일어나며 환호했다.

"이겼다."

최종 스코어 1-0.

한 점 차의 살얼음판 리드를 끝까지 지켜내며 얻은 힘겨운 승리였기에 마지막 순간까지 긴장의 끈을 놓을 수 없었다.

긴장이 풀린 순간, 송이현이 길게 안도의 한숨을 내쉬었다.

우선 청우 로열스가 지긋지긋했던 3연패에서 벗어나면서 3-3으로 시리즈의 균형을 맞춘 것이 다행이었다.

그리고 하나 더.

한국시리즈 7차전이 열리면서 아버지 송수백과의 약속을 지킬 수 있게 된 것에 송이현은 안도감을 느낀 것이었다.

큰 산을 하나 넘은 느낌이랄까.

그러나 송이현은 마음껏 기뻐할 수 없었다.

그 이유는 청우 로열스의 침체된 타선이 6차전에서도 여전히 살아날 기미가 보이지 않았기 때문이었다.

"최종전에서 이길 수 있을까요?"

송이현이 질문하자, 제임스 윤이 입을 뗐다.

"너무 이릅니다."

"뭐가 너무 이르단 거죠?"

"청우 로열스는 방금 한국시리즈 6차전에서 승리를 거뒀습니다. 벌써 최종전을 걱정하기보다는 오늘 승리를 기뻐하는 것이 우선이 아닐까요?"

제임스 윤의 말이 옳았다.

그렇지만 사람의 마음이란 것은 간사했다.

통합 우승까지 마지막 한 걸음만 남겨두게 되자, 그러지 않으려고 해도 자꾸 욕심이 생겼다.

"제임스 말이 맞긴 한데… 그게 참 어렵네요."

송이현이 솔직하게 말하자, 제임스 윤이 웃으며 다시 입을 뗐다.

"캡틴이 가장 걱정하는 것은 청우 로열스의 침체된 타선이죠?"

"맞아요. 최종전에서는 타선이 살아날까요?"

"그건… 모르겠습니다."

"왜 모르죠?"

"미친년 널뛰기하듯 기복이 심한 것이 타선이니까요."

제임스 윤에게서 대답이 돌아온 순간, 송이현이 눈을 크게 떴다.

그의 비유가 틀려서가 아니었다.

송이현이 놀란 이유는 방금 제임스 윤이 꺼낸 비유가 평소 그가 사용하던 표현들과는 많이 달랐기 때문이었다.

평소보다 훨씬 더 과격하달까.

그래서 송이현이 새삼스러운 시선을 던지고 있자, 제임스 윤이 멋쩍은 표정으로 머리를 긁적였다.

"왜 그렇게 보십니까?"

"제임스도 이유를 알고 있지 않나요?"

"제 표현이… 많이 거슬렸습니까?"

"거슬리지는 않았는데 낯설긴 하네요. 대체 왜 이런 과격한 표현을 갑자기 사용한 거죠?"

송이현이 의아한 표정으로 묻자, 제임스 윤이 망설이다가 대답했다.

"…따라 해봤습니다."

"누굴 따라 했다는… 누군지 알겠네요. '독한 야구' 진행자, 맞나요?"

"그렇습니다."

제임스 윤이 순순히 인정하는 것을 들은 송이현이 픽 하고 실소를 터뜨렸다.

"표현이 거친 독설이 중독성이 있긴 하죠?"

"그게… 은근히 중독성이 있습니다."

"그래도 제임스는 따라 하지 말아요."

"왜입니까?"

"별로 안 어울리거든요."

송이현의 조언을 들은 제임스 윤은 군말 없이 그 조언을 받아들였다.

"그럼 제 방식으로 표현하겠습니다. 타격은 계산이 되지 않는 영역입니다. 워낙 기복이 심하니까요."

'기복이 심하긴 하지.'

한 경기에서 10득점 이상을 올리며 타선이 폭발했다가도, 다음 경기에서는 타선이 철저하게 침묵하며 영봉패를 당하는 경우가 부지기수.

제임스 윤의 표현처럼 타격은 기복이 심해서 계산이 어려운 영역이었다.

'그럼 운에 맡겨야 하나?'

한국시리즈 최종전에서는 침체된 청우 로열스의 타선이 폭발하길 빌며 운에 기대는 수밖에 없다고 송이현이 판단했을 때였다.

"그렇지만 계산이 서는 영역이 있습니다. 바로 투수와 수비입니다."

"투수와 수비는 계산이 선다?"

"캡틴이 궁금한 건 어느 팀이 더 유리한가겠죠?"

"역시 나에 대해 잘 알고 있네요."

"단도직입적으로 말하면 청우 로열스가 조금 더 유리합니다."

'청우 로열스가 더 유리하다?'

송이현이 내심 바랐던 대답이었다.

"별로 안 좋아하시네요?"

제임스 윤은 눈치가 빨랐다.

내심 원하던 답을 들었음에도 송이현이 환하게 웃지 않는다는 사실을 재빨리 캐치하고 질문을 던졌다.

"그게……."

"그게 뭡니까?"

"…별로 신뢰가 안 가서요."

송이현이 망설이다가 대답하자 제임스 윤의 표정이 구겨졌다.

"'독한 야구' 진행자가 청우 로열스가 유리하다고 말한다면 믿을 수 있지만, 제가 하는 대답은 믿을 수 없단 뜻이로군요."

"그래요."

"기다리지 마십시오."

"뭘 기다리지 말란 거죠?"

제임스 윤이 대답했다.

"'독한 야구'는 결방할 테니까요."

*　　　*　　　*

자정에 가까워진 시간임에도 박건은 쉬이 잠들지 못했다.

일찌감치 침대에 누웠음에도 계속 뒤척이기를 반복했다.

'긴장이 안 되면 오히려 이상하지.'

이용운이 그 모습을 확인하고 작게 고개를 끄덕였다.

그동안 보아왔던 박건의 성격.

예민과는 거리가 먼 편이었다.

오히려 무던한 편이었다.

그래서 평소 베개에 머리만 갖다 대면 잠들었던 박건이었지만, 오늘은 달랐다.

통합 우승을 차지할 수 있느냐 여부가 달려 있는 한국시리즈 최종전에 대한 중압감이 커서인지 쉬이 잠들지 못했다.

잠시 후, 이용운이 앞에 놓인 리모컨을 노려보았다. 그리고 집중하자, 리모컨의 '이전' 버튼이 눌러졌다.

"한국시리즈 6차전 경기 하이라이트 영상을 보며 분석까지 마쳤습니다. 이제 대망의 한국시리즈 우승 팀이 가려지기까지 마지막 한 경기만을 남겨두고 있습니다. 과연 어느 팀이 한국시리즈 우승을 차지할까요?"

채널이 바뀌면서 '너와 나, 우리의 야구'의 진행자인 채선경 아나운서의 목소리가 들리자, 이불을 뒤집어쓰고 있던 박건이 벌떡 일어났다.

그 반응을 확인한 이용운이 픽 웃으며 물었다.

"채선경 아나운서의 목소리를 들으니 잠이 확 깨나 보지?"

"어차피 잠이 안 왔습니다."

"그럼 같이 TV나 보자."

"하지만……."

"컨디션 조절을 해야 해서 곤란하다?"

"네? 네."

"한 시간 덜 잔다고 해서 큰일 나지 않는다. 그러니 같이 봐."

"알겠습니다."

박건이 수긍했을 때, 채선경 아나운서의 멘트가 이어졌다.

"두 분 해설위원에게 어려운 질문을 드려야 할 것 같습니다. 내일 열릴 한국시리즈 7차전, 어느 팀이 승리를 거두고 한국시리즈 우승을 차지할지 예측을 부탁드리겠습니다. 김문식 해설위원님부터 해주시겠어요?"

"저는 청우 로열스가 미세하게 유리하다고 판단합니다."

"청우 로열스의 우세를 점친 이유도 말씀해 주시겠어요?"

"체력입니다."

"체력… 이요?"

"한국시리즈가 6차전까지 치러지는 동안, 양 팀은 매 경기 혈전이라고 불러도 좋은 정도로 치열한 경기들을 치렀습니다. 선수들의 체력 소모가 클 수밖에 없죠. 그렇지만 어느 팀의 체력 소모가 더 컸느냐고 질문을 던지면 당연히 우송 선더스입니다. 우송 선더스가 정규시즌 3위를 차지한 탓에 준플레이오프와 플레이오프를 거치면서 여러 경기를 치른 후에 한국시리즈에 진출한 반면, 청우 로열스는 정규시즌 우승을 차지한 덕분에 한국시리즈에 선착해서 상대 팀이 정해지기를 기다리고 있었던 상황이었으니까요. 결국 체력적인 부분이 한국시리즈 최종전에서 큰 변수가 될 거라고 판단했기 때문에 청우 로열스의 우세를 점친 것입니다."

'뻔한 이야기.'

김문성 해설위원의 예측을 듣고 속으로 욕하던 이용운이 한숨을 내쉬었다.

최태룡 해설위원의 예측은 더 뻔하고 한심했기 때문이었다.

"저는 김문성 해설위원과 의견이 다릅니다. 청우 로열스가 아니라 우송 선더스가 더 우세하다고 예상합니다. 그 이유는……."

'경험이지.'

이용운이 재차 한숨을 내쉬었다.

최태룡 해설위원이 한국시리즈 최종전에서 청우 로열스보다 우송 선더스가 더 우세하다고 판단한 근거는 경험이었다. 그리고 최태룡 해설위원이 멘트를 꺼내기 전임에도 불구하고 이용운이 알고 있는 이유는… '너와 나, 우리의 야구'가 재방송이었기 때문이었다.

그렇지만 굳이 재방송이 아니더라도 이용운은 최태룡 해설위원이 할 멘트를 능히 짐작할 수 있었다.

이미 해설위원으로 활약한 경험이 있어서일까.

이용운은 '너와 나, 우리의 야구'의 대본이 훤히 눈에 그려졌다.

'나눠 먹기를 했을 거야.'

'너와 나, 우리의 야구'에 고정 출연 하고 있는 두 해설위원인 김문성과 최태룡이 한국시리즈 최종전에서 어느 팀이 우승할 것 같으냐는 채선경 아나운서의 질문을 받고 한 팀에 몰표를 던지는 것은 무척 위험했다.

또 방송의 흥미를 위해서라도 두 해설위원의 의견이 갈리는 것이 더 유리했기에 일종의 나눠 먹기를 한 셈이었다.

그렇지만 이용운은 못내 아쉬움이 남았다.

'만약 내가 저 자리에 서 있었다면?'

이런 가정을 하자, 조건반사처럼 멘트들이 주르륵 눈앞에 떠올랐다.

한국시리즈를 최종전으로 끌고 가지 않고 6차전에서 한국시리즈 우승을 확정하고 싶다는 욕심에 사로잡힌 탓에 6차전에서 불펜투수들을 소모한 장정훈 감독의 패착, 한국시리즈 3차전부터 5차전까지는 실종됐던 청우 로열스의 야구가 6차전에서는 흐릿하나마 다시 드러난 점, 6차전 승리 덕분에 3-3으로 시리즈의 균형을 맞추는 데 성공하면서 다시 상승세를 타기 시작한 청우 로열스의 팀 분위기 등등.

좀 더 심도 깊은 분석을 바탕으로 여러 근거들을 이용해서 청우 로열스의 우세를 점쳤을 터였기 때문이었다.

그때였다.

"채선경 아나운서는 청우 로열스와 우송 선더스, 두 팀 가운데 어느 팀이 우승을 차지할 것 같습니까?"

김문성 해설위원이 채선경 아나운서에게 돌발 질문을 던졌다.

'드디어 등장했군.'

이용운이 채널을 돌린 이유가 마침내 등장하기 시작했다.

"음, 저는 잘 모르겠습니다."

"그 대답은 팬들의 기대를 저버리는 너무 싱거운 대답인데요. 저희 해설위원들도 예측이 무척 어려움에도 불구하고 두 팀 중 한 팀을 선택했으니 채선경 아나운서도 어느 한 팀을 선택해 주시죠."

김문성의 재촉을 받은 채선경 아나운서가 결국 대답을 꺼냈다.

"굳이 한 팀을 고르자면… 청우 로열스입니다."

그녀가 청우 로열스를 선택하자, 최태룡 해설위원이 다시 질문을 던졌다.

"우송 선더스가 아닌 청우 로열스를 선택한 이유가 무엇입니까?"

"이유는 없습니다."

"네?"

"개인적인 바람입니다."

"개인적인… 바람이요?"

"두 분 해설위원님들도 기억하시겠지만, 정규시즌이 종료된 후, '너와 나, 우리의 야구'에서 '키플레이어'라는 특집방송을 마련했었잖아요?"

"물론 기억합니다. 그런데 갑자기 '키플레이어'라는 특집방송 이야기는 왜 꺼내신 겁니까?"

"당시 청우 로열스의 키플레이어로 '너와 나, 우리의 야구'에 박건 선수가 출연했던 것은 큰 화제가 됐습니다. 덕분에 저희 방송도 실시간 검색어 1위에 올랐을 정도로 많은 관심을 받았죠. 그때 녹화를 마치고 난 후 박건 선수를 복도에서 잠시 만나 대화를 나누던 도중에 한 가지 약속을 받아냈습니다."

"어떤 약속을 받아냈습니까?"

"만약 청우 로열스가 한국시리즈 우승을 차지하면 다시 한번 '너와 나, 우리의 야구'에 초대하고 싶다는 의사를 제가 밝히자, 박건 선수가 흔쾌히 수락했습니다. 그러니까 박건 선수를 다시 한번 '너와 나, 우리의 야구'에 초대하기 위해서는 청우 로열스가 한국시리즈 우승을 차지해야 하죠. 이게 제가 청우 로열스가 이번 한국시리즈에서 우승하는 것을 개인적인 바람이라고 말씀을 드렸던 이유입니다."

"그 말씀은 박건 선수가 다시 출연해서 '너와 나, 우리의 야구'가 화제에 오르는 것을 원한다는 뜻으로 해석하면 될까요?"

"음, 너무 속물 같나요?"

"그건 아니지만……."

"재미있었어요."

"네?"

"박건 선수가 출연했을 당시의 녹화 현장이 저는 무척 재미있었습니다. 그래서 박건 선수가 다시 출연해서 한 번 더 재미있는 방송을 했으면 좋겠다는 생각이 들었습니다. 그런데 두 분 해설위원께서는 표정이 왜 그러세요?"

김문성과 최태룡이 난감한 표정을 짓고 있는 것을 확인한 채 선경 아나운서가 질문했다.

"그게 좀… 부담스럽네요. 박건 선수가 워낙 예상치 못했던 멘트들과 질문들을 쏟아내던 바람에 무척 곤혹스러웠거든요."

"저도 꽤 당황했던 것은 사실이지만, '너와 나, 우리의 야구'를 위해서라면 박건 선수를 다시 스튜디오로 초대하는 것도 나쁘지 않을 것 같습니다."

두 해설위원이 마지못한 표정으로 대답을 마친 순간, 이용운이 리모컨의 전원 버튼을 누른 후 제안했다.

"잠도 안 오는 것 같은데 같이 술 한잔할까?"

*   *   *

"이래도 될까요?"

캔 맥주 두 개를 앞에 놓고 박건이 물었다.

그 질문을 들은 이용운이 코웃음을 치며 대답했다.

"이미 캔 뚜껑 따고 나서 그 질문은 왜 하는 거냐."

"제가… 그랬네요."

멋쩍은 표정을 짓고 있는 박건에게 이용운이 다시 말했다.

"과음하는 것도 아니고, 맥주 한 잔 정도는 괜찮다. 이 맥주를 마시고 잠을 푹 자는 편이 오히려 컨디션 조절에 도움이 될 것이다."

"그럼 마셔야겠네요."

박건이 망설이지 않고 캔 맥주를 들어 벌컥벌컥 마셨다.

알싸한 맥주 향을 음미하던 이용운이 물었다.

"들었냐?"

"무슨 말씀 하셨습니까?"

"아무 말도 안 했다."

"그럼……?"

"아까 채선경 아나운서가 한 이야기 말이다."

"청우 로열스가 한국시리즈 우승을 하길 바란다고 했던 것이요?"

"그다음에 한 말."

"그다음에 한 말이면… '너와 나, 우리의 야구'에 저를 다시 게스트로 초대하고 싶다는 것이요?"

"그래. 어떠냐?"

"뭐가 어떻냐는 뜻입니까?"

"후배는 채선경 아나운서를 좋아하잖아?"

"그렇죠."

"한국시리즈에서 우승하고 싶다는 욕구가 더 샘솟지 않아?"

아까 이용운이 채널을 돌려서 '너와 나, 우리의 야구' 재방송을 박건과 함께 본 것은 시간이 남아돌아서가 아니었다.

나름의 목적이 있었다.

그 목적은 동기부여.

박건이 채선경 아나운서를 다시 만나기 위해서는 한국시리즈 우승을 해야 했다. 그 목표를 이루기 위해서 박건은 한국시리즈 최종전에서 맹활약을 펼쳐야 한다는 동기부여 요소를 심어주며 정신 무장을 시키기 위함이었다.

"무조건… 이길 겁니다."

"채선경 아나운서를 다시 만나기 위해서?"

"아니요."

"그럼?"

"이 한 경기에 아주 많은 것이 걸려 있다는 것을 잘 알기 때문입니다."

"옵션 계약 했던 오억을 말하는 것이냐?"

"오억이란 거금도 한국시리즈 최종전에 걸려 있는 것들 중 하나죠. 그렇지만 오억보다 더 중요한 게 걸려 있습니다."

"그게 뭐지?"

"저와 선배님의 미래요."

이용운이 놀란 표정을 지었다.

"제 미래요."

이것이 이용운이 예상했던 대답이었다.

그런데 박건이 꺼낸 대답에는 한 사람의 미래가 더 추가되어 있었다.

바로 자신이었다.

"왜 내 미래도 포함된 것이냐?"

"당연한 것 아닙니까?"

"응?"

"영혼의 파트너이니까요."

그냥 하는 말이 아니었다.

박건의 말에는 진심이 담겨 있었다.

그래서 이용운이 울컥하는 감정을 느끼며 속으로 생각했다.

'괜한 짓을 했네.'

박건에게 동기부여 요소를 심어주며 정신 무장을 시키는 것이 꼭 필요하다고 판단했다.

그래서 채선경 아나운서가 출연한 '너와 나, 우리의 야구'까지 일부러 함께 시청했었는데.

괜한 짓을 했다는 생각이 들었다.

박건은 굳이 동기부여 요소를 심어줄 필요가 없을 정도로 정신적으로 단단하게 무장이 되어 있는 상태였기 때문이었다.

그때, 박건이 맥주를 한 모금 더 마신 후 입을 뗐다.

"한국시리즈 최종전에서 승리해야 할 한 가지 이유가 더 있습니다."

"뭐지?"

"팬들이요."

박건이 갑자기 스마트폰을 꺼냈다.

"이거 보시죠."

박건이 들고 있는 스마트폰에는 한 아이의 사진이 떠올라 있었다.

〈청우 로열스 박건 선수의 결승 홈런에 눈물을 쏟고 만 어린 팬〉

한 어린 팬의 사진이 담긴 기사의 제목이었다.

이용운이 울고 있는 아이의 사진을 물끄러미 바라보고 있을 때, 박건이 말을 이었다.

"이 사진을 보고 충격을 받았습니다."

"왜 충격을 받았던 거지?"

"날 위해서, 또 청우 로열스를 위해서 기꺼이 눈물까지 쏟을 정도로 간절하게 응원하는 팬들의 존재를 그동안 잊고 있었거든요."

박건이 캔 맥주를 마저 비운 후, 덧붙였다.

"야구를 잘하고 싶었습니다. 그렇지만 그동안 제가 야구를 잘하고 싶었던 이유는 저를 위해서였습니다. 돈을 많이 벌고 싶다. 스타플레이어가 되고 싶다. 이런 욕심 때문에 야구를 잘하고 싶었던 겁니다. 그런데 이 사진을 보고 난 후 많이 반성했습니다. 그저 나를 위해서 야구를 열심히 했을 뿐인데, 제 플레이를 보며 이렇게 기뻐하는 팬들이 있다는 사실을 뒤늦게 깨달았기 때문입니다."

자책하듯 이어진 박건의 이야기를 들은 이용운이 웃으며 입을 뗐다.

"꿈이거든."

"꿈… 이요?"

"이 꼬마 팬에게 박건이란 선수는 꿈이다. 또, 청우 로열스를 응원하는 수많은 팬들에게 이 순간들은 추억이다."

누군가에게는 꿈, 또 다른 누군가에는 영원히 잊지 못하고 곱씹게 될 추억.

그래서 야구는 매력이 있었다.

"저는… 어떻게 하면 될까요?"

누군가의 꿈이자, 추억을 책임져야 하는 것이 부담스러운 걸까.

박건이 굳은 표정으로 물었다.

"팬들을 배신하지 않기 위해서 최선을 다하면 된다."

"최선을 다해라?"

자신이 한 말을 곱씹듯 되뇌고 있는 박건을 확인한 이용운이 희미한 미소를 머금었다.

'성장했다.'

야구는 인생의 축소판.

이런 이야기가 괜히 나온 것이 아니었다.

그동안 박건이 해왔던 야구는 진짜 야구가 아니었다.

수박 겉핥기식으로 야구를 해왔을 뿐이었다.

그러나 이제는 진짜 야구를 하고 있었다. 그리고 진짜 야구를 경험하고 나자, 박건은 선수로서도, 또 한 명의 인간으로서도 성장하고 있었다.

'이제 준비는 끝났다.'

한국시리즈 최종전을 앞두고 박건의 준비가 끝났다는 생각이 들어서 이용운이 흐뭇한 미소를 지을 때였다.

"최선을 다하는 것으로는 부족한 것 같습니다."

박건이 덧붙였다.

"십 년 후에도 추억이 아름답게 남아서 팬들이 그 추억을 곱
씹을 때마다 웃을 수 있도록 꼭 이겨야겠습니다."

＊　　　　　＊　　　　　＊

〈청우 로열스 선발 라인업〉

1. 고동수.

2. 임건우.

3. 양훈정.

4. 박건.

5. 앤서니 쉴즈.

6. 백선형.

7. 배준영.

8. 이필교.

9. 김천수.

Pitcher. 권수현.

한국시리즈 7차전을 앞두고 한창기 감독이 발표한 선발 라인
업이었다.

한국시리즈 6차전과 변화가 전혀 없는 명단.

"한창기 감독은 지난 6차전 청우 로열스의 경기 내용이 마음
에 들었나 봅니다."

제임스 윤의 이야기를 들은 송이현이 물었다.

"왜 그렇게 판단한 거죠?"

"선발 라인업 명단뿐만 아니라 타순도 전혀 변화가 없으니까요."

"……?"

"좋았던 것은 바꾸려 들지 않는 것이 감독들의 습성이죠."

평소였다면 제임스 윤에게 이런저런 질문들을 더 던졌으리라.

그렇지만 오늘 송이현은 그렇게 하지 못했다.

한국시리즈 최종전이 열리는 경기장에 특별한 손님이 찾아왔기 때문이었다.

예고했던 대로 송수백이 경기장을 찾아왔다.

"오셨어요?"

수행원들과 함께 경기장을 찾아온 송수백에게 송이현이 인사했다.

아직 경기 시작 전임에도 불구하고 만원 관중이 들어차 있는 경기장을 둘러본 후 송수백이 흡족한 표정을 지었다.

"한경련 회장과 잡혀 있던 약속을 미룬 보람이 있구나."

"너무 이릅니다."

"뭐가 이르단 거냐?"

"청우 로열스가 우승을 놓칠 수도 있으니까요."

"결과는 아주 중요하다. 그렇지만 결과보다 더 중요한 건 과정이다."

"……?"

"청우 로열스가 여기까지 온 과정이 무척 마음에 들었다."

송수백은 칭찬을 무척 아끼는 편이었다.

그런 그가 이런 이야기를 꺼낸 것은 극찬이나 다름없었다.

그 사실을 알고 있음에도 송이현은 환하게 웃지 않았다.

"과정과 결과, 두 마리 토끼를 다 잡는 것이 최선이죠."

송이현이 포부를 밝히자, 송수백이 껄껄 웃었다.

"역시 넌 날 닮았다. 욕심이 많아."

"칭찬으로 들을게요."

"오냐."

"자리는 미리 마련해 뒀습니다."

VIP 관람석으로 송수백을 안내하던 송이현이 도중에 걸음을 멈췄다.

"이 아이를 알아?"

송수백이 불쑥 질문을 던졌기 때문이었다.

"누굴 말씀하시는 거죠?"

송이현이 몸을 돌리며 질문하자, 수행원이 태블릿피시를 건넸다.

그 태블릿피시에는 울고 있는 아이의 사진이 떠올라 있었다. 그리고 아이의 얼굴은 낯이 익었다.

송이현 역시 기사를 통해서 본 적이 있었기 때문이었다.

"본 적이 있습니다."

송이현이 본 적이 있다고 대답하면서도 의아함을 품었다.

송수백이 갑자기 이 아이에게 관심을 가지는 이유를 알 수 없어서였다.

"누구냐?"

그때, 송수백이 다시 질문을 던졌다.

"청우 로열스의 팬인 것 같아요. 청우 로열스의 유니폼을 입고 경기장을 찾아왔으니까요."

"누군지 모른다는 뜻이로구나."

"제가 알아야 하나요?"

"알아야 한다."

송수백에게서 대답이 돌아온 순간, 송이현이 고개를 갸웃했다.

"이유가 뭐죠?"

"마케팅에 가치가 있으니까."

"이 우는 아이가 청우 로열스의 마케팅에 도움이 된다?"

의미심장한 미소를 짓고 있는 송수백을 응시하며 송이현이 기억을 더듬었다.

잠시 후, 펑펑 우는 아이의 사진이 실려 있던 기사의 댓글들이 떠올랐다.

―청우 로열스 50년 팬 확보.

―꼬마야, 울지 마라. 마흔 넘은 나도 눈물이 나려고 하니까.

―야구가 사람을 울리는구나.

―청우 로열스 프런트는 놀지 말고 이 아이를 찾아라.

'내가 놓치고 있었네.'

잠시 후, 송이현이 두 눈을 빛냈다.

'청우 로열스가 과연 통합 우승을 차지할 수 있을까?'

모든 신경이 한국시리즈 우승 여부에 쏠려 있었다. 그래서 중요한 부분을 놓치고 있었다는 생각이 들었다.

그 기사 아래 달렸던 댓글의 개수는 1,000개가 넘어갔다

그만큼 한국시리즈 6차전에서 박건이 때린 결승 홈런에 기쁨의 눈물을 흘리던 어린이 팬에게 사람들의 관심이 쏠렸다는 증거였다.

즉, 이 아이는 마케팅 측면에서 활용 가치가 높다는 뜻이었다.

"청우 그룹에서 이 아이를 활용할 생각이다."

송이현이 그 이야기를 듣고 두 눈을 치켜떴을 때, 송수백이 충고를 건넸다.

"잊지 마라. 넌 감독이 아니라 프런트의 수장이라는 사실을."

제10장

　권수현 VS 조수형.

　한국시리즈 최종전에 양 팀의 감독이 내세운 선발투수들이었다.

　"의미 없다."

　정규시즌 성적만 놓고 비교하면 권수현이 조수형에 훨씬 앞섰지만, 이용운은 선발투수들의 면면을 통해 어느 팀이 더 유리한가를 따지는 게 의미 없다고 딱 잘라 말했다.

　"어차피 오늘은 총력전이니까."

　'위기가 찾아오면 바로 교체한다.'

　한국시리즈 우승 팀이 가려지는 데 단 한 경기만이 남아 있었다.

　양 팀 사령탑이 일찌감치 총력전을 예고한 만큼, 선발투수들이 흔들리는 기미를 드러내면 바로 교체할 가능성이 높았다.

실제로 한창기 감독은 경기 전 인터뷰에서 6차전 선발투수로 출전했던 송성문을 제외한 모든 투수들이 불펜 대기를 한다고 밝혔었다.

"경기가 후반으로 가면 점수를 뽑아내기 더·어려워진다. 그러니 초반에 득점을 올려야 한다."

이용운의 충고를 새겨들으며 박건이 1회 말 청우 로열스의 공격이 진행되는 그라운드를 응시했다.

슈아악.

조수형은 초구로 몸쪽 직구를 선택했다.

스트라이크존을 살짝 벗어난 몸쪽 깊은 코스를 통과한 직구가 포수의 미트로 들어갔다.

"볼."

주심이 볼로 판정한 순간, 조수형이 눈살을 찌푸렸다.

'달라.'

더그아웃에서 경기를 지켜보던 박건이 두 눈을 빛냈다.

한국시리즈 3차전, 우송 선더스의 선발투수로 출전했던 조수형은 눈부신 호투를 펼치면서 깜짝 완봉승을 거뒀다.

당시 조수형이 호투할 수 있었던 비결은 워낙 구위가 좋기도 했지만, 주심과 궁합이 맞았던 것도 큰 역할을 했다.

특히 조수형이 주무기로 사용했던 몸쪽 깊은 코스의 직구를 주심이 스트라이크로 잡아준 것이 호투에 결정적인 역할을 했다.

그런데 오늘 경기의 주심은 달랐다.

한국시리즈 3차전 주심이 스트라이크로 선언했던 몸쪽 깊은 코스의 직구를 오늘 경기의 주심은 스트라이크 선언을 하지 않았다.

"이 차이는 크다."

이용운의 말이 막 끝났을 때였다.

슈아악.

따악.

고동수는 조수형의 2구째 바깥쪽 직구를 결대로 밀어 쳐서 좌전 안타를 빼앗아냈다.

무사 1루 상황에서 타석에 들어선 임건우는 희생번트를 댔다.

틱. 데구르르.

임건우가 희생번트를 성공시키면서 1사 2루로 상황이 바뀌었다.

3번 타자 양훈정은 조수형과 풀카운트 승부를 펼쳤다.

그리고 6구째.

슈아악.

조수형이 선택한 구종은 몸쪽 직구였다.

양훈정이 배트를 내밀지 않고 주심의 판정을 기다렸다.

"볼넷."

주심이 이번에도 몸쪽 깊은 코스의 직구를 스트라이크로 잡아주지 않으면서 양훈정은 사사구를 얻어서 출루했다.

1사 1, 2루에서 타석에는 박건이 들어섰다.

"어떤 공을 노려야 하는지 알지?"

"바깥쪽 슬라이더, 맞습니까?"

"맞다. 그럼 이제 남은 것은 하나뿐이구나. 청우 로열스 4번 타자의 무서움을 보여주거라."

슈악.

조수형의 손에서 공이 떠난 순간, 박건이 공에서 시선을 끝까지 떼지 않은 채 힘껏 스윙했다.

따악.

정확한 타이밍에 배트 중심에 걸린 타구가 우중간으로 날아갔다.

*   *   *

"넘어갔다."

송이현이 부지불식간에 자리에서 벌떡 일어났다.

우중간으로 쭉쭉 뻗어 나가는 박건의 타구가 홈런이 되기를 바랐는데.

퍼억.

박건의 타구는 아쉽게 펜스를 넘기지 못하고 펜스를 직격하고 튕겨 나왔다.

"아!"

아쉬움에 탄식을 흘리던 송이현이 자신에게 향해 있는 송수백의 시선을 느끼고 멋쩍은 표정을 지었다.

"잊지 마라. 넌 감독이 아니라 프런트의 수장이라는 사실을."

아까 송수백이 건넨 충고를 떠올린 송이현이 슬그머니 다시 자리에 앉았다.

'참 신경 쓰이네.'

송수백이 경기장을 찾아온 것이 무척 신경이 쓰인다는 생각을 하면서 송이현이 한숨을 내쉬었을 때였다.

"잘하긴 하더구나."

"저요?"

"아니, 박건이란 선수 말이다."

'박건의 이름도 알고 계시다?'

송이현이 놀란 표정을 지었다.

송수백이 박건 선수의 이름까지 알고 있을 거라고는 예상치 못했기 때문이었다.

잠시 후, 송이현이 양어깨에 힘을 주며 말했다.

"제 작품입니다."

"네 작품?"

"무명이나 다름없던 박건 선수의 가치를 알아보고 청우 로열스로 영입한 것, 제 작품이란 뜻입니다."

"엄밀히 말하면 네 작품이 아니지."

"……?"

"저 친구의 작품이라고 표현하는 게 맞지."

송수백과의 만남이 불편한 걸까?

아니면, 경기 관전에 집중하기 위함일까?

송수백은 멀찌감치 떨어져 있는 제임스 윤을 턱짓으로 가리키며 정정했다.

'제임스에 대해서도… 알고 계시다?'

송이현이 새삼스러운 시선을 던졌다.

자신이 예상했던 것보다 송수백은 청우 로열스에 대해 관심이 많다는 것을 알아챘기 때문이었다.

그때였다.

"재계약은 이미 마쳤지?"

송수백이 불쑥 질문을 던졌다.

"재계약… 이요?"

"그래. 박건이란 선수 말이다."

"그게……."

"왜 대답을 안 해?"

"재계약이 힘들 수도 있습니다."

송이현이 솔직하게 대답하자, 송수백이 미간을 좁혔다.

"왜 재계약이 힘들 수도 있다는 거지?"

"박건 선수가 메이저리그 진출을 노리고 있거든요."

송이현이 지금까지 상황에 대해서 간략하게 설명했다.

그 설명을 모두 들은 후, 송수백은 처음으로 언짢은 기색을 드러냈다.

"경영자에게 꼭 필요한 덕목 중 하나가 직원들의 가치를 정확하게 평가하는 것이다. 넌 박건이란 선수의 가치를 30억이라고 평가했지만, 내가 보기엔 한참 잘못된 평가다."

"하지만……."

"변수가 있다고 주장하고 싶은 거지?"

송이현이 고개를 끄덕였다.

프로야구선수의 기량은 유동적이다.

비록 올 시즌 박건이 모두의 기대를 훌쩍 뛰어넘는 빼어난 활약을 펼치며 청우 로열스의 주축 선수로 활약했지만, 내년 시즌, 그리고 내후년 시즌에도 올 시즌처럼 좋은 활약을 꾸준히 펼친다는 보장은 없었다.

기량이 하락할 수도 있고, 부상이란 변수도 존재했기 때문이었다.

이런 변수들 때문에 송이현은 박건의 가치를 4년 30억 정도로 평가했던 것이었다.

그러나 송수백의 판단은 달랐다.

"가치란 것은 어떻게 활용하느냐에 따라 다른 법이다. 만약 내가 청우 로열스의 단장이었다면, 박건이란 선수의 가치를 100억 이상이라고 판단했을 것이다."

'너무 과해.'

송수백의 이야기를 들은 순간 가장 먼저 든 생각이었다.

4년 100억은 KBO 리그에서 이미 충분히 검증을 마친 특급 선수들에게만 책정된 금액이었다.

'야구를 몰라서야.'

그리고 송수백이 박건에게 4년 100억 이상이란 과한 가치 평가를 한 이유가 야구를 몰라서라고 판단했을 때였다.

"변수는 없다."

"네?"

"박건이란 선수가 올 시즌 활약한 것만으로도 충분히 100억 이상의 가치가 있다고 판단하니까."

'말도 안 돼.'

송이현이 고개를 절레절레 흔들 때, 송수백이 덧붙였다.

"만년 하위 팀이었던 청우 로열스는 박건이란 선수의 활약 덕분에 정규시즌 우승을 차지했다. 덕분에 가장 인기 없던 구단에서 가장 인기 있는 구단으로 탈바꿈했지. 그 과정에서 청우 로열스 구단뿐만 아니라 모기업인 청우 그룹의 이미지도 좋아졌다. 홍보비로 수백억을 쏟아부어도 될까 말까 한 이미지 쇄신을 박건이란 선수가 혼자서 해낸 셈이지. 이게 내가 박건이란 선수의 가치가 백억 이상이라고 평가한 이유다."

'관점이… 달라.'

청우 그룹 회장인 송수백이 바라보는 관점과 청우 로열스 구단 단장인 송이현이 바라보는 관점은 달랐다.

그래서 이런 평가의 차이가 발생하는 것이었다.

"혹시 남은 방법은 없느냐?"

"어떤 방법이요?"

"박건이란 선수를 잡아둘 수 있는 방법 말이다."

"만약 청우 로열스가 통합 우승을 차지한다면, 박건 선수를 떠나보내야 할 확률이 높습니다."

"아쉽구나."

송수백이 굳은 표정으로 꺼낸 아쉽다는 이야기를 들은 순간, 송이현의 낯빛이 창백하게 질렸다.

'내가 실수했던 건가?'

퍼뜩 이런 생각이 들었기 때문이었다.

'그러고 보니… 너무 쉽게 포기했어.'

메이저리그 진출과 FA 계약에 대해서 허심탄회하게 이야기를 나눌 당시, 송이현은 4년 30억 수준의 계약을 고려하고 있다고 솔직히 밝혔었다.

30억은 절대 적지 않은 금액.

그래서 박건이 30억이란 거액을 포기하기는 힘들 것이라고 예상했었는데, 그 예상은 보기 좋게 빗나갔다.

박건은 깊이 고민하지도 않고 보장된 30억 대신 메이저리그 진출을 택했었다.

당시에는 박건이 상황 판단을 제대로 못 하고 실수했다고 여겼는데.

송수백과 방금 대화를 나눈 후, 송이현의 생각이 바뀌고 있었다.

'이럼 곤란한데.'

박건이 계속 청우 로열스 선수로 남을 수 있는 유이한 방법 중 하나가 청우 로열스가 통합 우승을 놓치는 것이었다.

그러나 박건을 잡아두기 위해서 거의 손에 들어온 청우 로열스의 우승을 놓치길 바라는 것은 말도 안 되는 일이었다.

해서 송이현이 난감한 기색을 드러냈을 때였다.

"나라면 차선책을 준비할 것이다."

송수백이 차선책을 언급했다.

'차선책이 뭐지?'

송이현이 의문을 품었을 때, 송수백이 설명을 더했다.

"박건이란 선수가 메이저리그에 도전했다가 돌아올 때를 대비하란 뜻이다. 더 큰 스타로 성장한 후에 청우 로열스로 돌아오는 것도 나쁘지 않지."

'그렇게 되면 좋긴 한데.'

송이현이 두 눈을 빛낼 때, 송수백이 다시 입을 열었다.

"최악의 경우는 박건이란 선수를 다른 팀에 빼앗기는 것이다."

"그럴 리가 없습니다."

"왜 그럴 리가 없다는 거지?"

"박건 선수는 포스팅 시스템을 통해서 메이저리그에 진출하기 때문입니다. KBO 리그에 복귀 시 원소속 팀인 청우 로열스 선수로 뛰어야 합니다."

"그건 다행이구나. 그래도 안심하지 마라."

'왜 안심하지 말라는 거지?'

송이현이 의문을 품었을 때였다.

"돌아오지 않을 수도 있으니까."

"하지만……."

"중요한 건 돌아오고 싶은 마음이 들게 만드는 것이다."

송수백이 충고를 더했다.

"나라면 박건이란 선수의 마음을 얻을 거다."

'마음을 얻어라?'

송이현이 어떻게라는 질문을 던졌을 때, 송수백이 덧붙였다.

"방법은 네가 찾아내거라."

*   *   *

'아쉽다.'

펜스를 직격하는 2루타를 때려냈음에도 박건은 환호를 하는 대신 못내 아쉬운 기색을 드러냈다.

'1미터만 더 뻗었어도 넘어갔을 텐데.'

방금 전에 때린 타구가 간발의 차로 홈런이 되지 못한 것이 아쉬워서 박건이 고개를 떨구고 있을 때였다.

"고개 들어라. 그리고 환호해라."

이용운이 충고했다.

"하지만……."

"많이 아쉬울 거라는 것, 나도 알고 있다. 그렇지만 아쉬운 표정을 드러내지 말고 기뻐하며 환호해라."

"왜……?"

"야구는 팀 스포츠이니까."

'선배님의 말이 옳아.'

박건이 곧 자신의 실수를 깨달았다.

1-0.

비록 간발의 차로 홈런이 되지는 못했지만, 펜스를 직격한 2루타가 나왔을 때 2루 주자였던 고동수가 홈으로 여유 있게 들어오며 청우 로열스는 한국시리즈 최종전에서 선취점을 올리는 데 성공했다.

선취점의 의미가 무척 큰 데다가, 아직 찬스가 끝난 것이 아니었다.

1사 2, 3루의 득점 찬스가 이어지고 있었다.

그런데 적시 2루타를 때려낸 박건이 고개를 푹 떨구고 있는 것은 팀 분위기에 악영향을 미칠 수 있었다.

와락.

애써 표정에서 아쉬운 기색을 지운 박건이 오른 주먹을 움켜쥐고 허공에 들어 올렸다.

더그아웃에서 경기를 지켜보고 있는 팀원들과 시선을 교환하던 박건이 마지막으로 타석에 들어서고 있는 앤서니 쉴즈를 손가락으로 가리켰다.

박건이 손가락으로 가리키고 있는 것을 확인한 앤서니 쉴즈가 의아한 표정을 지었다.

그런 그에게 박건이 영어로 소리쳤다.

"밥값 좀 해라."

그 외침이 들렸을까?

앤서니 쉴즈가 표정을 굳히며 콧김을 거세게 내뿜었다.

"암기력은 좋구나."

그때, 이용운이 말했다.

일전에 이용운이 앤서니 쉴즈에게 했던 표현을 박건이 기억하고 있는 것을 확인하고 건넨 말이었다.

"공부를 안 했을 뿐이지, 머리가 나쁜 편은 아니었습니다."

"꼭 머리 나쁜 애들이 그런 말을 하더라."

"정말이거든요."

박건이 억울한 표정을 지었지만, 이용운은 화제를 돌렸다.

"됐다."

"되긴 뭐가 됐습니까?"

"어느 쪽이 진실인지 별로 안 궁금하다."

'쩝.'

말문이 막혀 버린 박건이 입맛을 다셨을 때, 이용운이 덧붙였다.

"이번엔 기대해도 좋다. 앤서니 쉴즈가 밥값을 할 것 같거든."

"그걸 어떻게 아십니까?"

"아까 보니 대기타석에서 후배가 타격하는 모습을 유심히 살피고 있더라고. 두고 봐라, 뭐라도 할 테니까."

이용운의 예측은 적중했다.

슈아악.

따악.

앤서니 쉴즈는 조수형의 초구를 공략했다.

바깥쪽 직구를 밀어 친 타구는 멀리 뻗어 나갔다.

펜스 앞에서 타구가 잡힌 순간, 3루 주자인 양훈정이 태그업을 시도해서 여유 있게 홈으로 들어왔다.

2—0.

청우 로열스가 추가점을 올린 순간, 장정훈 감독이 마운드로 걸어 올라왔다.

*　　　　*　　　　*

"설마 했는데… 교체하는군요."

앤서니 쉴즈가 펜스 앞까지 날아간 외야플라이를 때렸을 때, 태그업을 시도해 3루 베이스 위에 서 있던 박건이 입을 뗐다.

1회가 끝나지도 않았는데 장정훈 감독은 선발투수 조수형을 교체하는 강수를 두었다.

"내일이 없는 총력전이라니까."

장정훈 감독의 선택은 서광현이었다.

잦은 등판 때문일까.

마운드로 걸어 올라오는 서광현의 얼굴에는 피곤한 기색이 묻어 있었다.

그러나 백선형을 상대하기 시작하자 서광현은 다시 힘을 냈다.

슈악.

부우웅.

예리한 슬라이더를 던져서 백선형을 헛스윙 삼진으로 돌려세우고 이닝을 마무리한 서광현이 웃으며 마운드에서 내려갔다.

더그아웃 앞에서 기다리고 있던 팀원들과 하이 파이브를 나누는 서광현에게서는 투지가 느껴졌다.

그런 서광현의 투지가 전해져서일까.

2회 초 공격에서 우송 선더스 타자들이 힘을 내기 시작했다.

4번 타자 빅터 스마일의 볼넷.

5번 타자 장민섭의 1, 2루 간을 꿰뚫는 우전안타로 무사 1, 2루의 득점 찬스를 만들어냈다.

6번 타자 유호의 타석에서 한창기 감독이 더그아웃을 박차고 나와 마운드로 걸어 올라왔다.

'교체?'

박건이 투수 교체를 떠올렸지만, 한창기 감독의 선택을 달랐다.

권수현과 몇 마디 대화를 나눈 후, 다시 더그아웃으로 돌아갔다. 그리고 투수 교체를 단행하지 않은 한창기 감독의 선택은 최악의 결과를 낳았다.

슈악.

권수현이 유호를 상대로 던진 4구째 슬라이더는 가운데로 몰렸다.

따악.

유호는 그 실투를 놓치지 않고 제대로 받아쳤다.

우익수 임건우는 마지막까지 포기하지 않고 타구를 쫓았다.

펜스에 등을 기댄 채 점프캐치를 시도했지만, 타구를 잡아내기에는 역부족이었다.

유호의 타구는 펜스를 살짝 넘기고 떨어졌다.

2—3.

역전 스리런홈런이 터지면서 경기는 단숨에 역전됐다.

자신의 실투로 인해 경기가 역전된 순간, 권수현이 고개를 떨궜다.

청우 로열스 홈구장이 조용하게 변했을 때, 박건은 더그아웃 쪽으로 고개를 돌렸다.

한창기 감독이 망연자실한 표정을 지은 채 감독석에 앉아 있는 모습이 보였다.

그렇지만 그게 다였다.

한창기 감독은 마운드로 향하는 대신 더그아웃에 계속 머물고 있었다.

'왜 투수 교체를 하지 않지?'

우송 선더스 장정훈 감독은 선발투수 조수형이 1회 말에 2실점을 허용하며 흔들리자 바로 교체하는 강수를 뒀다.

반면 청우 로열스 한창기 감독은 선발투수 권수현이 2회 초에 3실점을 허용했음에도 투수를 교체하지 않았다.

'미련? 고집?'

그로 인해 박건이 당혹스러운 시선을 던질 때, 이용운이 말했다.

"일단 좀 더 지켜보자."

*   *   *

불행 중 다행인 것은 권수현이 추가 실점을 허용하지 않았다는 점이었다.

권수현은 역전 스리런홈런을 얻어맞은 충격에서 빠르게 벗어나며, 다시 호투를 펼치기 시작했다.

우송 선더스의 두 번째 투수인 서광현 역시 호투를 펼치며 난타전으로 흘러갈 듯했던 경기는 투수전 양상으로 흘러갔다.

2-3.

한 점 뒤지고 있는 청우 로열스는 5회 말 공격에서 다시 찬스를 잡았다.

슈아악.

따악.

5회 말의 선두타자인 배준영은 서광현이 3구째로 던진 몸쪽 직구를 공략했다.

경쾌한 타격음이 울려 퍼진 순간, 더그아웃에서 경기를 지켜보던 박건이 벌떡 일어났다.

'넘어가라.'

타구에서 시선을 떼지 못한 채 박건이 속으로 빌었지만, 아쉽게도 타구는 펜스를 넘기지 못했다.

퍼억.

펜스 하단을 직격하고 튕겨 나왔고, 타자주자인 배준영은 2루에 안착했다.

일단 동점을 만드는 것이 급선무라고 판단한 한창기 감독은 후속 타자 이필교에게 희생번트를 지시했다

틱. 데구르르.

이필교가 침착하게 희생번트를 성공시키며, 1사 3루로 상황이 바뀌었다.

깊숙한 외야플라이만 나와도 득점을 올리며 경기의 균형추를 맞출 수 있는 상황.

타석에는 9번 타자 김천수가 등장했다.

슈아악.

딱.

그리고 김천수는 과감하게 서광현의 초구를 공략했다.

바깥쪽 직구에 힘껏 스윙했지만, 배트 스피드가 구속에 밀렸다.

살짝 밀린 타구는 높이 떠오른 채 우익수 쪽으로 날아갔다.

라인 선상을 벗어나며 파울이 될 것이 확실한 타구.

'태그업이 가능해. 동점을 만들 수 있어.'

타구의 낙하지점을 예측하고 미리 도착해서 기다리고 있는 우송 선더스 우익수의 위치를 파악한 박건이 이렇게 판단했을 때였다.

우익수가 벌리고 있던 글러브가 아닌 그라운드로 타구가 떨어졌다.

실책을 범하기에는 너무 평범한 플라이 타구.

'실책이 아냐.'

우익수가 실책을 범한 것이 아니었다.

우익수가 판단을 내리고 의도적으로 타구를 잡지 않은 것이었다.

그때, 이용운이 말했다.

"우익수가 내린 판단이 아니다."

"그럼?"

"장정훈 감독이 지시한 것이다."

이용운은 확신에 찬 목소리로 단언했다.

그렇지만 박건은 그 말을 순순히 믿기 어려웠다.

김천수가 파울 타구를 때렸고, 그 짧은 사이에 우익수가 장정훈 감독의 지시를 받아서 타구를 잡지 않아서 태그업을 시도하지 못하게 만드는 것.

불가능하다는 생각이 들어서였다.

그런 박건의 속내를 읽은 걸까.

이용운이 설명을 더했다.

"지금 내린 지시가 아니다."

"그럼?"

"이미 더그아웃에서 이런 상황이 발생했을 때 어떻게 대처할지에 대해서 수비 코치를 통해서 미리 얘기를 나눴을 것이다."

'그랬다면… 가능하지.'

박건이 고개를 끄덕일 때, 이용운이 다시 말했다.

"장정훈 감독은 이 한 점의 리드를 끝까지 지키며 승리를 거두기로 결심을 굳혔다. 그래서 이런 지시를 내렸던 거지."

'치밀하다.'

그 이야기를 들은 박건이 내심 감탄하면서 장정훈 감독을 살폈을 때였다.

그가 더그아웃을 박차고 나왔다.

다시 마운드를 방문한 장정훈 감독은 서광현에게서 공을 건네받았다.

"또… 교체?"

예상치 못한 타이밍에 장정훈 감독이 또 한 번 투수 교체를 단행하는 것을 확인한 박건이 당황했을 때였다.

"장정훈 감독은 좋은 감독이다."

이용운이 그를 칭찬했다.

*　　　*　　　*

서광현의 뒤를 이어 마운드에 오른 것은 우송 선더스의 마무리투수인 이원중이었다.

'파격.'

아직 5회 말이었다.

그런데 팀의 마무리투수인 이원중이 마운드로 걸어 올라오는 것을 확인한 순간, 박건이 떠올린 단어는 파격이었다.

지금 장정훈 감독이 보여주고 있는 투수 운용은 일반적인 것과는 워낙 거리가 멀었기 때문이었다.

"즉흥적인 게 아니다."

이용운의 이야기를 들은 박건이 물었다.

"그럼 다 계산해 둔 투수 운용이란 말입니까?"

"그래. 한 점의 리드를 지키기 위해서 장정훈 감독은 오늘 경기에서 투수 운용을 어떻게 할지를 미리 준비해 왔다."

"……."

"장정훈 감독이 나름 호투하고 있던 서광현을 왜 교체한 것 같으냐?"

"체력적인 문제 때문일 거라 짐작하고 있습니다."

서광현은 한국시리즈에서 가장 자주, 또 가장 많은 이닝을 소화한 투수였다.

그래서 한국시리즈 최종전에서 긴 이닝을 소화하기에는 체력적으로 문제가 있을 거라고 판단했기에 장정훈 감독이 투수 교체를 단행한 거라 박건은 막연히 예상하고 있었다.

"후배의 대답이 맞다."

이용운은 박건의 예상이 옳았다고 말하며 덧붙였다.

"중요한 것은 서광현이 체력적으로 한계에 달했다는 것을 정장훈 감독이 정확하게 캐치했다는 점이다. 서광현이 배준영에게 펜스를 직격하는 2루타를 얻어맞았을 때, 장정훈 감독은 체력적인 한계가 찾아온 게 아닐까 하는 의심을 가졌다. 후배도 알다시피 배준영은 파워히터가 아니다. 그런데 배준영이 때려냈던 타구는 펜스를 직격했을 정도로 비거리가 길었지. 그 모습을 보고 서광현이 던지는 공에 힘이 떨어진 게 아닐까 의심했던 장정훈 감독의 의심이 확신으로 바뀐 것은 김천수의 타구였다. 분명히 타이밍이 밀렸는데도 불구하고, 김천수의 타구는 3루 주자가 태그업을 시도할 수 있을 정도로 멀리 날아갔거든."

이용운의 설명 덕분에 박건은 장정훈 감독이 호투하던 서광현을 교체한 이유를 이해할 수 있었다.

그러나 여전히 이해가 가지 않는 부분은 남아 있었다.

"그런데 왜 이원중을 마운드에 올렸을까요?"

"다른 불펜투수들이 남아 있는데 팀의 마무리투수인 이원중을 5회 말을 마운드에 올린 것이 이해가 안 가는 거지?"

"네."

"이유는 간단하다."

"그 이유가 대체 뭡니까?"

이용운이 대답했다.

"가장 적게 던졌거든."

*　　　　*　　　　*

'이원중이 가장 적게 던진 것은 사실이야.'

한국시리즈 6차전까지 우송 선더스 불펜투수들은 무척 많은 공을 던졌다.

그렇지만 마무리투수인 이원중은 예외였다.

마무리투수는 팀이 앞서고 있을 때 팀의 승리를 지키기 위해서 경기에 출전한다.

한국시리즈 3차전부터 5차전까지 우송 선더스가 승리를 거두긴 했지만, 이원중이 출전한 것은 4차전뿐이었다.

3차전과 5차전에서는 점수 차가 크게 벌어졌거나, 선발투수가 완투했기 때문이었다.

즉, 이원중은 4차전에 1이닝을 소화한 후 경기에 등판하지 않았다.

사흘의 휴식을 가진 채 다시 마운드에 오르는 것이었다.

그래서일까.

김천수를 상대하는 이원중의 공에는 힘이 넘쳤다.

슈아악.

딱.

2볼 2스트라이크의 볼카운트에서 김천수는 이원중의 몸쪽 직구를 공략했다.

그러나 타구는 멀리 뻗지 못했다.

내야에 높이 솟구친 타구를 유격수가 처리하면서 2사 3루로 상황이 바뀌었다.

그리고 이원중은 1번 타자 고동수마저 삼구삼진으로 돌려세우며 실점 위기를 벗어났다.

＊　　　　＊　　　　＊

7회 초, 우송 선더스의 공격.

마운드는 여전히 권수현이 지키고 있었다.

그리고 4번 타자 빅터 스마일과 5번 타자 장민섭을 내야땅볼로 처리한 권수현은 2사 주자 없는 상황에서 6번 타자 유호를 상대했다.

104개의 투구수를 기록하고 있는 권수현은 이번 이닝이 마지막임을 알고 있었다.

그래서일까.

남은 힘을 모두 쏟아부으며 유호를 상대했다.

슈아악.

딱.

중견수플라이로 유호를 처리한 권수현이 마운드에서 천천히 걸어 내려왔다.

7이닝 3실점.

선발투수 권수현이 남긴 기록이었다.

비록 2회 초에 유호에게 역전 스리런홈런을 허용하긴 했지만, 결과적으로는 퀄리티스타트 이상을 해내며 선발투수로서 자신의 몫을 충분히 해낸 셈이었다.

짝짝.

짝짝짝.

한국시리즈 최종전 선발투수라는 중책을 맡았음에도 불구하고 투지를 발휘하며 본인의 역할을 충분히 해낸 권수현에게 우송 선더스 팬들은 박수를 보내주었다.

그럼에도 불구하고 권수현은 웃지 않았다.

역전 스리런홈런을 허용했던 단 하나의 실투.

그 실투가 아쉽기 때문이리라.

7회 말, 청우 로열스의 공격을 앞두고 장정훈 감독은 다시 투수 교체를 단행했다.

1과 2/3이닝을 소화한 이원중을 내리고 윤진수를 마운드에 올렸다.

그런 장정훈 감독의 투수 교체는 적중했다.

윤진수가 삼자범퇴로 7회 말을 막아내며 한국시리즈 최종전 경기는 8회로 넘어갔다.

*　　　　*　　　　*

8회 초, 청우 로열스의 바뀐 투수인 라이언 벤슨이 마운드에 올라왔다.

두 개의 아웃카운트를 손쉽게 잡아낸 라이언 벤슨은 대타자 이주송과 승부했다.

슈악.

"볼."

2볼 2스트라이크에서 라이언 벤슨이 구사한 유인구를 이주송이 잘 참아내며 풀카운트 승부가 펼쳐졌다.

이어진 6구째.

슈아악.

라이언 벤슨의 선택은 바깥쪽 직구였다.

장타를 의식한 바깥쪽 승부.

그러나 제구가 뜻대로 되지 않으며 가운데로 몰렸다. 그리고 이주송은 실투를 놓치지 않았다.

따악.

매섭게 돌아간 배트 중심에 맞은 타구는 1루수의 키를 훌쩍 넘기며 우익수 방면으로 빠르게 날아갔다.

'라인 선상 안쪽에 떨어지는 최소 2루타.'

타구의 궤적을 눈으로 좇던 박건이 막 이렇게 판단했을 때였다.

타다닷.

우익수 임건우가 빠르게 타구를 쫓아가며 슬라이딩캐치를 시도했다.

부상을 두려워하지 않고 몸을 던지며 쭉 뻗은 임건우의 글러브 안으로 타구가 빨려 들어갔다.

"아웃. 공수 교대."

임건우의 호수비가 나오면서 8회 초 우송 선더스의 공격이 끝났다.

*   *   *

이어진 8회 말 청우 로열스의 공격.

우송 선더스 장정훈 감독은 또 한 번 투수 교체를 단행했다.

윤진수를 대신해 양승환이 마운드에 올랐다.

청우 로열스의 8회 말 선두타자는 7번 타자 배준영.

그러나 한창기 감독은 대타 카드를 꺼내 들었다.

배준영을 대신해서 구창명이 타석에 들어섰다. 그리고 구창명은 한창기 감독의 기대에 부응했다.

풀카운트 승부 끝에 양승환이 구사한 6구째 바깥쪽 슬라이더를 결대로 밀어 쳐서 1, 2루 간을 꿰뚫는 우전안타를 만들어냈다.

'또… 교체?'

잔뜩 집중한 채 경기를 지켜보던 박건의 눈에 장정훈 감독이 다시 마운드를 방문하는 모습이 보였다.

그리고 박건의 예상은 적중했다.

장정훈 감독은 양승환을 내리고 장길태를 마운드에 올렸다.

그 모습을 확인한 박건이 고개를 갸웃했다.

딱 한 타자만 상대한 양승환을 내리는 것이 너무 성급하단 생각이 들었기 때문이었다.

또, 바뀐 투수가 장길태라는 것도 의아함을 품은 이유였다.

'오히려 구위는 양승환이 더 나은데.'

박건이 재차 고개를 갸웃했을 때, 이용운이 말했다.

"장길태가 양승환보다 나은 게 있다."

"뭡니까?"

"수비 능력. 특히 번트 수비에 능하지."

무사 1루 상황에서 타석에 들어선 것은 8번 타자 이필교.

일단 동점을 만드는 것이 급선무라 판단한 한창기 감독은 이필교에게 희생번트를 지시했다.

그리고 우송 선더스 내야 수비진은 희생번트 작전을 대비해서 극단적인 수비 시프트를 펼쳤다.

슈악.

틱. 데구르르.

1루수와 3루수가 극단적으로 전진해 있는 것을 확인한 이필 교가 댄 번트 타구는 투수 앞으로 굴러갔다.

'잘 됐다.'

2루 승부는 위험하다고 판단한 우송 선더스의 포수가 1루로 공을 던지라고 팔을 뻗으며 소리쳤다.

그러나 장길태는 포수의 외침을 무시했다.

타구를 잡자마자 지체 없이 빙글 몸을 돌리며 2루로 강하게 송구했다.

"아웃."

2루심이 아웃을 선언하는 것을 확인한 박건이 당황했을 때, 한창기 감독이 비디오판독을 요청했다.

그렇지만 원심은 번복되지 않았다.

무사 1루가 1사 1루로 바뀐 순간, 장정훈 감독은 또 한 번 투수 교체를 단행했다.

"저니… 레스터."

장길태의 뒤를 이어 마운드를 물려받은 것은 저니 레스터였다.

한국시리즈 5차전에 선발투수로 출전했던 저니 레스터는 7차 전에도 등판했다.

'지치지 않았을까?'

저니 레스터의 투입이 무리일 수도 있다고 박건이 판단했을 때였다.

슈악.

딱.

9번 타자 김천수가 타격한 공이 유격수 앞으로 굴러갔다.

침착하게 포구에 성공한 유격수가 2루로 송구했다.

"아웃."

2루수가 베이스에서 발을 떼면서 1루로 던진 송구가 정확히 도착했다.

"아웃."

김천수가 병살타를 때린 탓에 8회 말 청우 로열스의 공격도 소득 없이 끝이 났다.

그때, 이용운이 말했다.

"치열하구나. 그래서 재밌구나."

*   *   *

9회 초, 우송 선더스의 정규이닝 마지막 공격.

청우 로열스의 마운드는 백철기가 지키고 있었다.

두 명의 타자를 외야플라이와 삼진으로 손쉽게 잡아냈던 백철기는 3번 타자 조우종에게 중전안타를 허용했다.

2사 1루로 상황이 바뀌자, 한창기 감독은 투수 교체를 단행했다.

백철기를 내리고 팀의 마무리투수인 손태민을 마운드에 올렸다.

한 점 차로 뒤지고 있는 상황.

9회 초에 추가 실점을 허용하면 역전할 기회가 아예 사라진다고 판단했기에 손태민을 투입한 것이었다.

'그래도 너무 이르지 않나?'

박건이 우려 섞인 표정으로 연습 투구를 하는 손태민을 지켜보고 있을 때, 이용운이 입을 뗐다.

"오늘 경기를 한 마디로 요약하면 명품감독전이구나."

그 이야기를 들은 박건이 반박했다.

"그건 좀 아닌 것 같습니다."

"왜 아니라고 생각하지?"

"한쪽이 밀렸으니까요."

명품 투수전이라는 표현은 흔히 사용됐다.

그리고 명품 투수전이 나오기 위해서는 한 명의 투수만 잘 던지는 것으로는 부족했다.

두 명의 투수가 모두 호투해야만 명품 투수전이 나올 수 있었다.

명품 감독전도 비슷했다.

명품 감독전이라는 표현을 사용할 수 있기 위해서는 양 팀의 감독들이 모두 최고의 판단을 내리며 팀을 이끌어야 했다.

'장정훈 감독은 최고의 판단들을 내렸다.'

비록 장정훈이 한국시리즈 우승을 놓고 다투는 상대 팀의 감독이기는 했으나, 이 부분은 인정하지 않을 수 없었다.

'리드를 잡으면 지키는 야구를 한다.'

장정훈 감독이 한국시리즈 7차전을 앞두고 준비한 경기 플랜이었다.

그리고 그는 준비해 온 경기 플랜대로 적절한 타이밍에 투수 교체를 단행하는 것을 바탕으로 완벽에 가까운 경기를 운영했다.

그렇지만 한창기 감독은 달랐다.

'투수 교체 타이밍이 늦었어.'

2회 초에 찾아왔던 무사 1, 2루의 위기에서 한창기 감독은 투수 교체를 단행하지 않고 권수현에게 미련을 가졌다.

그리고 선발투수 권수현에 대한 미련을 버리지 못한 대가로 역전 스리런홈런을 얻어맞았었다.

결과적으로 박건은 그 부분을 한창기 감독의 패착이라고 판단하고 있는 것이었다.

그렇지만 이용운의 의견은 달랐다.

"내가 그동안 많이 까긴 했지만, 오늘 한창기 감독은 딱히 비난할 게 없을 정도로 최고의 판단들을 내렸다."

"하지만……."

"선발투수 권수현을 일찍 강판하는 결단을 내렸다면 유호에게 역전 스리런홈런을 허용하지 않았을 것이다. 이렇게 말하고 싶은 거지?"

"네."

"결과론적 이야기일 뿐이다."

"하지만……."

"그리고 미련이 아니라 믿음이었다."

이용운이 덧붙인 이야기를 들은 박건이 참지 못하고 눈살을 찌푸렸다.

지금껏 이용운은 한창기 감독을 주로 비난하는 입장이었다.

특히 투수 교체에 대해서 강하게 비판했다.

투수 교체 타이밍이 늦어서 적시타를 허용하며 흐름을 넘겨 줬을 당시, 이용운은 한창기 감독의 미련 때문이라고 날 선 비판을 했다.

그런데 엇비슷한 상황임에도 불구하고 이번에는 한창기 감독의 선택을 두둔했다.

또, 미련을 가진 게 아니라 믿음의 야구를 한 거라고 포장했다.

"선배님."

"말해라."

"이런 걸 조삼모사라고 표현하는 겁니다."

조삼모사(朝三暮四).

잔술수를 이용해 상대방을 현혹시키는 모습을 뜻하는 고사성어였다.

이용운이 미련과 믿음이란 단어를 코에 걸면 코걸이, 귀에 걸면 귀걸이처럼 활용하기 때문에 박건이 핀잔을 건넨 것이었다.

그렇지만 이용운은 당당하게 대꾸했다.

"나름 공부는 했는데… 아직 한참 부족해."

"제가 틀렸다는 말씀입니까?"

"그래. 조삼모사가 아니라 적재적소라고 표현하는 게 맞다. 그리고 한창기 감독은 권수현에 대한 믿음, 후배 말대로라면 미련 때문에 권수현을 교체하지 않았던 게 아니다."

"그럼……?"

"선택의 여지가 없었기 때문에 권수현으로 계속 밀어붙였던 것이었다."

"왜 선택의 여지가 없었다는 겁니까?"

이용운이 대답했다.

"조던 픽스와 저니 레스터의 차이지."

『내 귀에 해설이 들려』 7권에 계속…